Lucille Teasdale

(1929-1996)

Qui était...

Textes : Isabelle Gingras
et Sylvain Croteau
Illustrations : Guy Boucher

Lucille Teasdale

Le Dauphin Blanc

Catalogage avant publication de Bibliothèque et Archives nationales du Québec et Bibliothèque et Archives Canada

Croteau, Sylvain, 1966-, auteur

Qui était Lucille Teasdale? / textes de Sylvain Croteau et Isabelle Gingras ; illustrations de Guy Boucher.

(Qui était...)

Public cible : Pour les jeunes.

ISBN 978-2-89788-098-9 (couverture souple)

1. Teasdale, Lucille - Ouvrages pour la jeunesse. 2. Hôpital Lacor (Gulu, Ouganda) - Ouvrages pour la jeunesse. 3. Chirurgiens - Ouganda - Biographies - Ouvrages pour la jeunesse. 4. Chirurgiens - Québec (Province) - Biographies - Ouvrages pour la jeunesse. I. Gingras, Isabelle, 1970 décembre 21-, auteur. II. Boucher, Guy, 1962-, illustrateur. III. Titre.

RD27.35.T42C76 2018 j617.092 C2018-941697-1

Avec la participation financière du gouvernement du Canada. | Canada

Nous remercions la Société de développement des entreprises culturelles du Québec (SODEC) pour son appui à notre programme de publication.

Gouvernement du Québec – Programme de crédit d'impôt pour l'édition de livres – Gestion SODEC.

Infographie de la couverture et mise en pages: Marjorie Patry

Éditeur: Les Éditions Le Dauphin Blanc inc.
Complexe Lebourgneuf, bureau 125
825, boulevard Lebourgneuf
Québec (Québec) G2J 0B9 CANADA
Tél.: 418 845-4045 Téléc.: 418 845-1933
Courriel: info@dauphinblanc.com
Site web: www.dauphinblanc.com

ISBN version papier: 978-2-89788-098-9

Dépôt légal: 3e trimestre 2018
Bibliothèque nationale du Québec
Bibliothèque et Archives Canada
Données de catalogage disponibles auprès de Bibliothèque et Archives nationales du Québec.

Imprimé au Canada

À ma mère Yvette, qui aurait tant voulu écrire des livres.

À ma fille Évangéline, ma dévoreuse de livres.

TABLE DES MATIÈRES

CHAPITRE 1

L'OUGANDA À VOL D'OISEAU

L'Ouganda, pays magnifique situé au cœur de l'Afrique de l'Est. Bordé par trois lacs importants, dont le grand lac Victoria, la végétation y est luxuriante. Le pays, recouvert de lacs, de collines, de savanes et de forêts offre à nos yeux un spectacle saisissant. Lucille Teasdale, jeune chirurgienne du Québec, ne détache pas une seconde son regard du paysage. Le moteur de l'avion se fait entendre, mais c'est surtout les battements de son cœur que Lucille sent. Elle regarde son ami Piero Corti, médecin italien. Puis, elle élève la voix pour se faire bien entendre :

— Piero, j'sais pas quoi dire. C'est… c'est beau.

— T'as rien vu encore, Lucille. C'est juste le début. Au sud, y'a des collines toutes vertes avec plein de cours d'eau qui finissent en cascades ou en chutes.

Piero fixe un instant son regard et voit dans le creux de certaines collines ici et là des lacs entourés d'arbres. Lucille suit son regard.

— Oh! Ces beaux lacs! Est-ce que c'est partout comme ça?

— Pas vraiment. Au nord, dans les savanes, où le terrain est plus plat, les arbres se font plus rares.

Les arbres, dans les savanes, quand il y en a, se pointent au loin comme pour nous inviter au repos à l'ombre. L'avion continue de survoler l'Ouganda, direction nord. Pour l'instant, Lucille et Piero se trouvent au centre du pays où la végétation est riche. À l'ouest comme au centre du pays, on trouve surtout des forêts et des montagnes.

— Tu sais ce qu'on trouve comme animaux ici?

Lucille hausse un peu les épaules pour exprimer à la fois une certitude et un doute.

— Ben, il y a des girafes, des lions, des éléphants...

— Ouais, c'est ça, en partie. On peut pas les voir d'ici, parce qu'ils sont cachés par les arbres, mais il y a des chimpanzés et des gorilles. Mais tu pourras peut-être voir à vol d'oiseau, dans les savanes, plein d'espèces d'animaux : des antilopes, des buffles, des girafes, des phacochères, des rhinocéros, des léopards, des zèbres, et j'en passe.

— Oh! J'vois des animaux, mais j'arrive pas vraiment à voir. Hum! Est-ce que ce sont des antilopes?

Piero jette un bref regard.

— Oui, c'est ça, Lucille. Durant ton séjour, j't'emmènerai dans les parcs nationaux.

— Ce serait vraiment bien, dit Lucille sur un ton réservé, mais avec un grand sourire au cœur.

Lucille n'a pas fini de s'extasier, car le ciel immense regorge d'oiseaux de toutes les couleurs. Imaginez des centaines de flamants, battant au-dessus de vos têtes, leurs ailes rose pâle avant de se laisser glisser sur l'eau d'un lac. Ces grandes et splendides étendues sauvages charment Lucille. Elle a aussi l'impression qu'elle va vivre une belle aventure.

Serait-ce une simple illusion du moment? Du moins, les grandes plaines de l'Ouganda en offrent une, car ce pays est à vrai dire pas plus grand que Terre-Neuve, une des provinces situées à l'est du Canada. Ce minuscule pays compte de nombreuses cultures et tribus différentes. Lucille est au courant mais se demande comment elle fera pour communiquer avec les gens.

— Est-ce que je pourrai me faire comprendre par la plupart des Ougandais si je parle anglais?

— Hum, comment t'expliquer? répond Piero avant de prendre une pause et de reprendre. Y'a ici de nombreuses cultures et tribus différentes, par exemple les Bagandas au sud et les Acholis au nord. Ces tribus possèdent leur propre langue, mais la langue officielle est l'anglais. Alors, certains le parlent bien, d'autres plus ou moins, mais d'autres pas vraiment. Mais ne t'en fais pas, on trouvera un interprète quand on sera arrivé à destination.

L'Ouganda est un pays aux diverses langues, mais la langue utilisée au gouvernement et aussi dans les écoles primaires est l'anglais. Pourquoi l'anglais? Parce que le pays a été occupé par les **Britanniques**. Quand l'Ouganda est devenu indépendant en 1962, l'anglais est demeuré la langue officielle, mais les Ougandais l'utilisent comme langue seconde. Dans les faits, la langue seconde parlée en Ouganda par la majorité des Ougandais est le swahili.

Britanniques – Dans les années 1860, des explorateurs britanniques sont à la recherche de la source du Nil. Fascinés par la région découverte, d'autres explorateurs européens y séjournent. En 1877, les missionnaires protestants arrivent suivis de près, en 1879, par des missionnaires catholiques. Durant cette période, des Européens s'installent au Buganda, nom du pays à l'époque. Le Buganda est occupé par les Britanniques entre 1890 et 1894, et un traité est signé avec l'Angleterre. Le pays sera par la suite nommé Ouganda et sera sous le protectorat britannique, c'est-à-dire que les institutions ougandaises restent en place mais sous la gestion de l'empire britannique.

La diversité du pays ne s'arrête pas là. Elle s'étend aussi dans d'autres sphères de la vie. Pour nourrir la population, par exemple, les différentes communautés ont recours à l'élevage de bœuf ou de volaille, à l'agriculture, notamment le manioc et les haricots. Il y a aussi de grandes plantations de café, de coton, de thé, de cacao, de tabac et de canne à sucre, qui sont des produits surtout destinés à l'exportation.

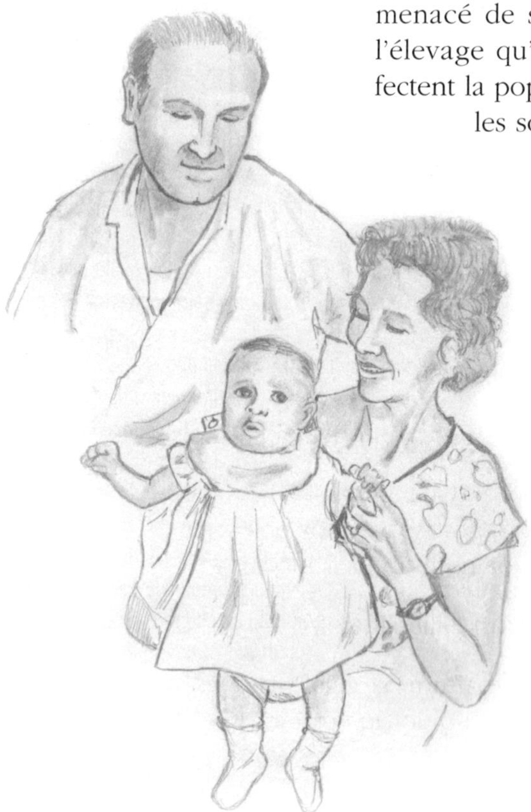

Toute cette diversité est pourtant bien fragile. L'Ouganda est souvent menacé de sécheresse qui nuit autant à la flore, à la faune, à l'élevage qu'à l'agriculture. De plus, de nombreuses maladies affectent la population ougandaise majoritairement pauvre, pour qui les soins médicaux ne sont pas à la portée de la main. Et, il n'y a pas si longtemps, le pays a été témoin de tensions entre les différents groupes ethniques. La guerre a appauvri le pays dans toutes les sphères de la vie. Plusieurs personnes y sont mortes. La faune animale a considérablement diminué puisque les civils, faute de pouvoir cultiver convenablement leurs terres, et les soldats, se nourrissaient de viande sauvage comme l'antilope. L'Ouganda est maintenant un pays plus en paix et plusieurs personnes s'efforcent de faire renaître ce qui a été détruit.

Quand Lucille arrive en Ouganda en 1961, la végétation et la faune sont somptueuses Elle est non seulement séduite par ce pays extraordinaire, mais aussi par l'accueil chaleureux du peuple ougandais. Mais qu'est-ce qui a pu attirer Lucille Teasdale dans cet endroit qu'elle ne connaissait probablement que de nom, qu'elle n'avait peut-être vu que sur une carte géographique? Un pays dont la forme dessinée sur une carte du monde ressemble à une petite chrysalide quelque peu difforme. Une petite chrysalide qui cache encore la beauté d'un papillon. Un papillon qui prendra un jour son envol vers la liberté. Est-ce ainsi que Lucille découvre l'Ouganda? Elle qui croyait que l'Ouganda n'était qu'une immense jungle.

« Décidément, l'Ouganda est un endroit magnifique! » se dit-elle en son for intérieur. « Je n'ai jamais rien vu d'aussi spectaculaire. »

St-Mary's Lacor – Des prêtres catholiques italiens, les pères de Vérone, proposent à l'administrateur colonial du district de Gulu, un britannique protestant, de construire une petite clinique catholique et privée non loin de Gulu (prononcer *Goulou*). L'administrateur refuse, expliquant que la clinique ferait concurrence à l'hôpital public de Gulu. Toutefois, il change d'avis à la condition que la clinique ne soit pas construite à Gulu. La clinique est donc construite vers Lacor (prononcer *Lachor*) et non à Lacor même. Mais en réalité, elle est plus près de Gulu. Parce que c'est un établissement catholique, on lui donne le nom de St-Mary's et Lacor parce que c'est ce qui a été convenu. Aujourd'hui, on utilise aussi parfois l'expression « hôpital Lacor ».

Est-ce ainsi qu'elle se découvrira à elle-même? Lucille qui manque tant de confiance en elle. Lucille qui va devenir l'une des plus grandes chirurgiennes de l'Afrique de l'Est. Lucille qui va protéger et sauver tant de vies en compagnie de Piero Corti, avec qui elle va partager le reste de sa vie à l'Hôpital **St-Mary's Lacor** dans une ville du nord nommée Gulu. Lucille, amoureuse de la médecine, va s'attacher à cette terre nouvelle et à son peuple. C'est là qu'elle va se sentir utile comme médecin et chirurgienne, comme épouse et mère.

CHAPITRE 2

LA FORCE DE LUCILLE

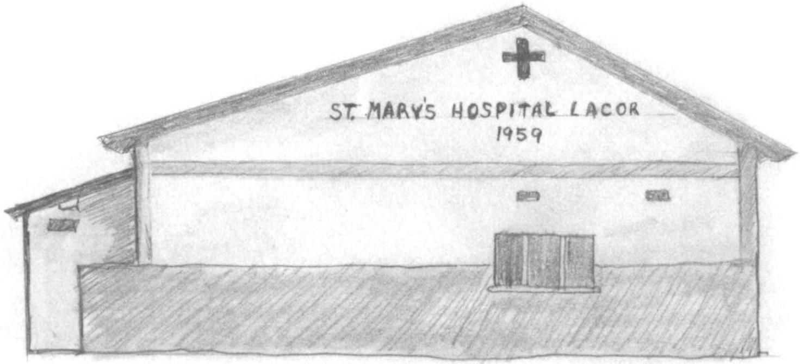

Situé en pleine savane, l'Hôpital St-Mary's Lacor est en retrait des grandes routes de terre rouge et éloigné aussi du centre-ville de Gulu où on trouve un hôpital public et un bureau de poste. Contrairement à nos hôpitaux modernes qui comprennent des bâtiments très hauts, à plusieurs étages, l'Hôpital St-Mary's Lacor compte plusieurs pavillons d'un étage construits de briques rouges. Le blanc, le bleu et le vert pâle y prédominent à l'intérieur des murs. Les chambres des patients, plus grandes que les nôtres, comptent plusieurs lits et non deux, trois ou quatre lits comme nous avons l'habitude de voir dans les hôpitaux de pays riches. La terre est sèche et rougeâtre, les arbres parsèment le terrain de l'hôpital comme à l'image de la savane. À l'extérieur, près de la clinique externe, il y a beaucoup d'animation. Les patients et leur famille, ce qui inclut parfois la famille élargie, s'installent pour la journée et même pour plusieurs jours.

— Où est son *lagwok*? demande avec empressement Lucille à une infirmière.

— Je vais voir, docteur Lucille. Il est peut-être juste à l'entrée de la clinique.

— D'accord, mais y'a tellement de patients à voir. On n'a pas d'temps à perdre à chercher le *lagwok* de chaque patient. Il y a tellement de personnes malades à diagnostiquer, à soigner. En plus, j'ai des opérations à faire en après-midi. Il faudra dire au *lagwok* de ne pas s'éloigner.

Le **lagwok** signifie « soignant » en acholi. Il est un aide familial, soit une mère ou une épouse. Il prend soin du patient et lui prépare ses repas. Le *lagwok* ne vient pas seul. Il est souvent accompagné de sœurs, de tantes et de ses propres enfants. Ils dorment tous sur place dans une sorte de petit village emménagé sur le terrain de l'hôpital. Il y règne souvent un brouhaha : les adultes parlent fort, les enfants jouent bruyamment. Lucille a de la difficulté à se concentrer.

Lagwok – Contrairement aux hôpitaux modernes de pays riches où les repas sont cuisinés par des employés de l'hôpital et sont directement apportés dans les chambres des patients, l'Hôpital Ste-Mary's Lacor, dont les coûts pour les soins de santé restent minimes pour l'ensemble des patients et gratuits pour les femmes enceintes et les enfants de moins de six ans, ne fournit pas les repas. C'est le rôle de la famille de cuisiner pour le patient et de le nourrir.

— Taisez-vous! Taisez-vous! On ne s'entend plus! s'exclame-t-elle à l'entrée de la clinique.

On entend tout bas des Acholis dire en anglais ou en acholi, leur langue maternelle :

— Désolé, docteur Teasdale.

Les patients et leur famille baissent le volume. Ils savent que Lucille a besoin de calme pour bien les soigner. Lucille voit un patient après l'autre, pose rapidement des diagnostics précis. Il fait chaud. Les patients attendent à l'extérieur debout en ligne, certains avec leur enfant dans les bras. La file est interminable, mais Lucille ne bronche pas. Une mère arrive avec son petit garçon et Lucille leur indique une chaise. Lucille parle tendrement à l'enfant.

— Tu veux rester assis sur les genoux de ta maman? Y'a pas de problèmes.

Lucille prend son stéthoscope et le jeune garçon fait un mouvement de recul. Lucille voit la crainte dans son visage et le rassure.

— C'est pour écouter ton p'tit cœur. Ça ne fait pas mal.

Le garçon se laisse faire devant l'air confiant de Lucille, qui l'examine attentivement, mais sans perdre son temps. Cet enfant a peut-être quatre ou cinq maladies à la fois, comme bien des jeunes ougandais. Au Canada, par contre, un enfant n'a généralement qu'une maladie à la fois. Cependant, Lucille s'est vite adaptée à cette situation qui est maintenant chose courante. La mère, inquiète, regarde Lucille.

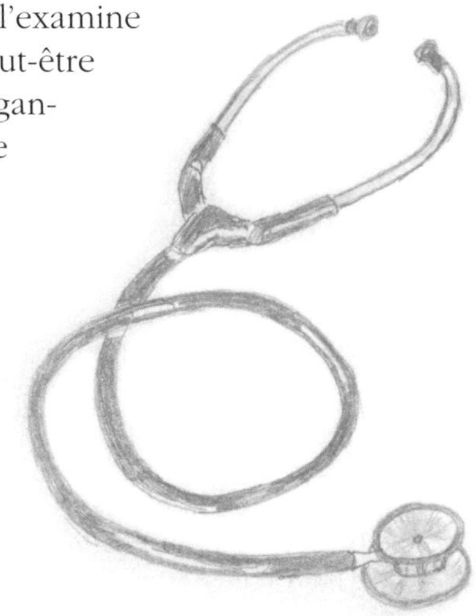

— Est-ce qu'il va guérir, docteur Lucille?

— Oui, à la condition que vous lui donniez correctement les antibiotiques.

— Et, est-ce que je dois payer les médicaments? demande la pauvre mère.

— Ne vous en faites pas avec ça. On va s'arranger. Allez voir l'infirmière là-bas, elle va s'occuper de vous.

C'est son dernier patient à la clinique externe pour aujourd'hui. D'autres médecins ou **internes** prendront le relais pour le reste de la journée. Il est temps pour elle de se reposer, question de manger un peu avant de retourner auprès de ses patients mais cette fois-ci à la salle d'opération. Mais avant de quitter la clinique, elle s'assure de la relève pour l'après-midi. Lucille interpelle un jeune médecin :

— Joseph, c'est toi qui es à la clinique cet après-midi?

— Oui, et j'aurai deux internes avec moi.

Internes – Les internes sont des apprentis médecins. Par exemple, les internes en chirurgie apprennent en observant les chirurgiens. Ils doivent aussi intervenir selon leurs capacités et leur niveau de connaissance. Ils sont sous la charge d'un médecin-chef qui les forme sur place, à l'hôpital, avec de vrais malades.

— Parfait. Je te revois demain matin pour la tournée des patients.

— Ça marche! s'exclame-t-il heureux d'aider Lucille.

La journée n'est vraiment pas terminée pour elle, mais elle ne se plaint aucunement. Elle aime ce qu'elle fait; elle aime aider les plus démunis. Elle se dirige au bloc opératoire et se lave pendant au moins 10 minutes les mains et les bras. Elle en exige autant des infirmières qui l'assistent.

— Alors, ça va aujourd'hui? demande-t-elle aux infirmières sans attendre véritablement leur réponse avant de poursuivre. Bon, c'est une opération légère. Hum, ça ne devrait pas nous prendre trop de temps. Mais l'opération d'après sera délicate.

— Oui, en effet, répond Maria, l'une des infirmières. Il s'agit d'une tumeur maligne.

— J'aimerais ne pas perdre de temps. Est-ce qu'on est en train de préparer le deuxième patient?

— Oui, je suis allée vérifier, confirme Maria.

La première chirurgie de la journée commence quand Lucille entend les murmures d'une infirmière qui s'adresse à une coéquipière. Lucille, masque de chirurgie au visage, lève les yeux en direction de l'infirmière qui pense sûrement aux recommandations de Lucille lors d'une chirurgie.

— Lorsque je fais une opération, je veux le silence absolu. Est-ce clair?

Lucille adore la chirurgie. Elle sent qu'elle est là pour les autres, avec les autres. Lucille, malgré ses exigences, est une femme au grand cœur, pleine de compassion. Toutefois, elle exige d'elle-même tout comme des autres un travail bien fait.

— Les Ougandais ont aussi le droit de recevoir de bons services médicaux par de bons professionnels de la santé, d'ici comme d'ailleurs, souligne souvent Lucille.

Il est près de 20h. Lucille vient de terminer sa dernière chirurgie. Elle prend un moment pour noter dans son cahier les opérations de la journée. Elle retrouve ensuite Piero, son mari, dans leur petite maison située à même le terrain de l'hôpital pour un moment de tranquillité... à moins qu'elle n'entame une discussion avec Piero sur la médecine.

Lucille se dévoue entièrement à ses patients et à son hôpital : elle se donne corps et âme. N'a-t-elle pas déjà aidé une patiente au bloc opératoire qui avait besoin de sang?

— Avons-nous du sang A-?

Une infirmière italienne lui répond que non.

— C'est mon groupe sanguin. Dépêchez-vous. Donnez-lui du sérum, exige Lucille.

Elle quitte précipitamment la salle d'opération et se dirige dans une chambre où elle s'installe sur un lit afin de prélever de son propre sang pour en donner à la patiente. À la fenêtre, trois femmes ougandaises la regardent et lui sourient. Serait-ce une marque de reconnaissance? Lucille ne le sait pas mais elle leur sourit en retour.

Du courage? Lucille n'en manque pas. Elle n'a pour ainsi dire jamais quitté l'hôpital malgré les guerres qui faisaient rage en Ouganda, même si sa vie était en jeu. Elle pouvait, certes, se sentir découragée devant tant de violence autour d'elle, elle pouvait pleurer, elle pouvait même avoir envie de partir, mais elle ne faisait qu'exprimer une lassitude mêlée de peur. Le jour d'après, elle ne voulait pas quitter.

— Si on quitte, qui est-ce qui va s'occuper de l'hôpital et de tous ses patients? L'hôpital survivra-t-il sans nous? Désolée Piero, je ne pensais pas à ce que je disais hier. Je veux rester.

Lucille qui pouvait paraître froide et indépendante est en fait une femme très sensible qui a besoin des uns et des autres. Avant de se marier avec Piero, elle lui avait ouvert son cœur à maintes reprises dans des lettres qu'elle lui avait envoyées:

> *Je ne suis dans le fond qu'une petite fille qui veut marcher avec toi main dans la main. J'ai besoin de toi.*
>
> *Je veux être mère et je veux que tu sois le père de mes enfants. Saurais-je être digne de toi, de nos enfants?*

Piero, heureusement, était là pour la rassurer.

CHAPITRE 3

LUCILLE ADOLESCENTE

Lucille, née le 30 janvier 1929, est la quatrième d'une famille de sept enfants. Sa mère a eu auparavant trois filles et aura après Lucille deux garçons. Lucille, fillette de sept ans, adore le hockey. Et le landau de sa poupée? Elle préfère l'utiliser comme un camion benne. Sa mère ne sait trop que faire d'elle. Elle est loin de l'image de la petite fille modèle de l'époque. Lucille sent qu'elle déçoit sa mère avec qui la relation ne sera pas toujours facile.

— Lucille, où es-tu allée jouer? Ta robe est encore toute sale.

Lucille fait fi de la remarque de sa mère et retourne jouer dehors. Sa mère lève les bras et les yeux en signe de découragement.

— Ah! C'est pas croyable! Qu'est-ce que j'ai fait au bon Dieu?

Depuis lors, se sentant rejetée, Lucille se transforme : elle garde pour elle sa sensibilité, ses émotions. Pour panser les blessures du cœur, Lucille se fabrique une armure qui cache qui elle est vraiment. Cette douleur de ne pas se sentir complètement aimée lui brime aussi sa confiance en elle.

— Verrais-je un jour maman me sourire avec une réelle joie? espère-t-elle du fond de son cœur.

Toutefois, au fil du temps, Lucille rencontre des personnes qui l'apprécient et l'encouragent. Lucille, qui selon elle-même est peu douée pour la musique, aime bien sa professeure de musique sœur Georges-de-Notre-Dame. Elle parle à sœur Georges de sa relation avec sa mère, de son manque de confiance en elle-même.

— Chez les guides, on m'appelle « Hirondelle courageuse ». Savez-vous pourquoi?

— À vrai dire, je sais que tu es une fille courageuse, Lucille, mais je ne sais pas pourquoi on t'a nommée « Hirondelle », avoue humblement son enseignante en ouvrant grand les yeux avec intérêt.

— C'est parce que je manque de confiance en moi, dit Lucille avec une petite moue qui laisse quand même voir un léger sourire, heureuse d'être écoutée, de se révéler.

— Eh bien, chère Lucille, il ne faut pas baisser les bras. La confiance, ça se gagne! la réconforte sœur Georges.

Courageuse de par nature, Lucille décide de ne pas baisser les bras et d'être elle-même à l'écoute de ce qui pourrait l'aider à s'épanouir. Ainsi, un jour, Lucille écoute avec enthousiasme Jeanne Marcelle Dussault. L'émotion à la gorge, qu'elle tente toutefois de maîtriser, elle voit en cette femme médecin canadienne-française une volonté à toute épreuve. À l'époque de l'adolescence de Lucille et de sa jeune vie d'adulte, dans les années quarante et cinquante, être une femme médecin au Québec devait exiger une force et une volonté de fer pour combattre les préjugés et réaliser ses rêves. En effet, la profession de médecin n'était pas vraiment destinée aux femmes qui n'avaient le choix qu'entre les professions d'infirmière, d'institutrice ou d'être religieuse. Qu'à cela ne tienne! Jeanne Marcelle Dussault, elle, a étudié dans une école de psychiatrie pour enfants à Washington, aux États-Unis.

— Si madame Dussault peut le faire, moi aussi, se convainc Lucille en soutenant son propos de sa main droite en l'air.

Lucille vient de faire son deuxième envol vers son rêve : étudier très fort pour être acceptée en médecine à l'Université de Montréal. Son deuxième? Oui, car dès l'âge de 12 ans, elle a une étincelle dans ses yeux. Alors qu'elle est élève dans un pensionnat de Montréal, des religieuses missionnaires s'y rendent pour parler de leurs incroyables expériences en Chine. Ces religieuses prenaient soin d'enfants chinois orphelins.

— On soignait les enfants orphelins du mieux qu'on pouvait. On voulait les protéger, on voulait qu'ils vivent. Qui aurait pris soin d'eux? Vous savez, les gens étaient si pauvres qu'ils n'avaient même pas de quoi manger pour leur propre famille, explique l'une des religieuses dont le visage seul exprime le bonheur qu'elle a ressenti en aidant les jeunes orphelins chinois malgré la dureté de la vie.

Pour Lucille, c'est le coup de foudre.

— C'est décidé ! Je serai médecin pour les plus démunis. Je prendrai soin moi aussi des enfants pauvres.

Elle annonce la nouvelle à son père qui la supporte dans son choix. Pour son père, l'éducation, c'est important. En fait, contrairement à ses frères et sœurs qui n'ont pas l'intention de faire de grandes études, Lucille, elle, dès son plus jeune âge, a des visées très hautes. Son père ne demande pas mieux que de la soutenir dans son choix, lui qui aurait voulu faire des études. Issu d'une famille de cultivateur, il a dû quitter l'école pour travailler

dans une épicerie. Par la force des choses, il est devenu boucher.

— C'est bien, prononce-t-il calmement. Ma chère Lucille, tu travailles fort à l'école et tu es déterminée. Vas-y ma chouette!

— Merci, papa. Merci beaucoup.

Tout en l'encourageant, il sait bien que Lucille doit faire attention à ne pas trop faire la forte tête au pensionnat qui a la réputation d'être strict. Son père, qui connaît bien le caractère de sa fille, ajoute :

— Lucille, je peux te conseiller une chose?

— Quoi? interroge Lucille surprise par la question de son père.

— Ben, t'as un fort caractère et des fois t'es pas toujours disciplinée, même à la maison…, s'arrête un instant son père en avalant un peu de salive et en se penchant pour regarder sa fille dans les yeux. Faudrait pas que tu aies des ennuis avec les religieuses. À ces mots, il lui sourit tout en pointant vers Lucille son index droit comme pour lui exprimer avec gentillesse une mise en garde.

En effet, Lucille a de la difficulté avec la discipline. Il ne faudrait pas qu'elle se fasse renvoyer pour une peccadille. Cependant, l'appel de la médecine est si fort en elle qu'elle va faire tout en son pouvoir pour y parvenir. Elle réalise le vœu de son père. D'un autre côté, elle espère que sa mère sera aussi fière d'elle un jour même si elle ne correspond pas au modèle féminin de l'époque : une jeune fille toujours obéissante et qui s'intéresse, dit-on, aux activités féminines.

Néanmoins, au pensionnat, Lucille n'est pas seule. Elle se lie d'amitié avec Françoise qui, tout comme Lucille, est une tête forte. Lucille, de nature discrète, admire le côté frondeur de son amie. En allant dans la famille de Françoise, Lucille rencontre un univers culturel avec lequel elle n'était pas familière. Fortement cultivée, la famille de Françoise lit beaucoup de livres de littérature et écoute beaucoup de musique. La bibliothèque familiale invite Lucille à entrer dans un monde qui la fascine. En plus, le père de Françoise est aliéniste, c'est-à-dire psychiatre, et a publié de la poésie.

Quand Lucille retourne dans sa famille, dans son monde, elle voit la différence. La culture, selon la définition que Lucille en donne, n'est pas vraiment présente. Le piano de la maison prend la poussière, les livres qu'on lui donne conviennent à la bonne morale et au modèle féminin de l'époque. Au pensionnat, la lecture est surveillée. Plusieurs grands livres de la littérature y sont interdits. Lucille se voit toutefois offrir par les religieuses un livre intitulé… *La cuisine pratique dans la famille et à l'école*. La découverte de la culture est pourtant le moyen qu'elle trouve pour vivre ses émotions qu'elle garde en elle. Son amour pour sa mère est très présent, mais les moyens de lui exprimer sont enfouis.

Toute sa vie d'adulte, Lucille fera des voyages entre différents mondes, notamment le Canada, l'Italie et l'Ouganda, entre différents continents, trois en particulier : l'Amérique, l'Europe et l'Afrique. Mais son premier voyage entre deux mondes commence dès son plus jeune âge, entre celui d'où elle est issu et celui dans lequel elle évoluera au cours de ses études supérieures au collège classique et à l'université.

CHAPITRE 4

LUCILLE ÉTUDIANTE EN MÉDECINE

Lucille n'a jamais renié ou caché ses origines modestes. Son père, boucher, possède aussi une épicerie dans un quartier de l'est de Montréal non loin de leur maison. À l'époque de Lucille, les enfants de son quartier ne font pas de longues études. Ils vont plutôt travailler une fois l'**école obligatoire** terminée. Lucille, énergisée par la fierté que son père a pour elle, travaille très fort et obtient alors une bourse pour étudier dans un collège classique : le collège Jésus-Marie. Âgée de 17 ans, elle est le seul enfant de la famille à suivre des études au niveau collégial. Durant toutes ces années d'études, son père sera à ses côtés de près comme de loin. Ses parents, ensemble, font des sacrifices pour lui payer le **collège**

École obligatoire – Le Québec a été la dernière province en 1943 a adopter une loi pour l'école obligatoire. Les parents devaient envoyer leurs enfants à l'école s'ils étaient âgés entre 6 ans et 14 ans. S'ils ne respectaient pas cette loi, les parents avaient une amende. Cette loi, sous le gouvernement provincial du libéral Adélard Godbout, a permis aux enfants de fréquenter l'école sans frais de scolarité et a posé les prémices de la gratuité des manuels scolaires. En 1961, la fréquentation des écoles s'est étendue jusqu'à l'âge de 15 ans, puis à 16 ans en 1988. D'autres personnes ont suggéré en 2013 de hausser l'âge à 18 ans.

Collège classique – Le premier collège classique a été fondé en Nouvelle-France en 1635 par les Jésuites. Ce premier collège se nommera d'ailleurs collège des Jésuites. Les collèges classiques étaient réservés aux garçons. Mais en 1908, le premier collège pour fille ouvre ses portes. Pour les étudiants canadiens-français, le collège classique était l'unique voie pour se rendre à l'université. Le programme scolaire est notamment basé sur la religion, car les membres du personnel sont souvent des religieux catholiques. Les étudiants y apprennent entre autres le latin, le grec, les auteurs anciens, les mathématiques, la philosophie. Comme les collèges étaient privés, la scolarité n'était pas gratuite. En raison d'une grande réforme de l'éducation, les collèges classiques sont remplacés à la fin des années 1960 par des **c**ollèges d'**e**nseignement **g**énéral et **p**rofessionnel, c'est-à-dire les cégeps qui offrent la gratuité scolaire. La voie pour se rendre à l'université est donc facilitée.

classique. En effet, à l'époque, les collèges étaient payants.

Elle se plonge corps et âme dans ses études parce qu'elle n'a qu'un but en tête : devenir médecin. Sa détermination à atteindre son but lui donne beaucoup de force. Toutefois, Lucille sent un malaise, comme si elle survolait deux mondes sans savoir où se poser. Le milieu collégial abrite des jeunes filles de milieux aisés et il était difficile pour Lucille de se frayer un chemin parmi ces étudiantes de familles riches. Néanmoins, Lucille se souvient de passages d'une lettre d'encouragement que lui avait écrite une religieuse du collège :

> *Votre richesse d'âme vous élève au-dessus des jeunes filles égoïstes.*
>
> *Vous êtes fièrement vous-même.*
>
> *Elles [les autres jeunes filles] se sont inclinées devant vous et vous ont tacitement reconnue comme « un chef ».*

Lucille n'en revient toujours pas.

« Moi? Un chef? » se questionne-t-elle. Son manque de confiance en elle-même l'a fait douter, mais elle reste cependant profondément émue par les mots de la religieuse :

> *Ce sentiment de responsabilité doit s'exercer [...] surtout envers les chers vôtres. N'attendez pas qu'ils vous comprennent, ils ne le peuvent pas. Mais allez quand même vers eux avec tout votre cœur et mettez à leur service les dons que vous avez reçus.*

Malgré son sentiment de solitude, Lucille ne lâche pas prise. Elle sait ce qu'elle veut et elle ne démordra pas de son objectif. C'est ainsi qu'elle obtient une bourse et entre à 21 ans à la Faculté de médecine de l'Université de Montréal. Nous sommes en 1950. Une nouvelle période de sa vie commence. Et un autre monde l'attend…

En médecine, la grande majorité des étudiants étaient des hommes. En effet, cette année-là, il n'y a que 8 femmes inscrites sur les 110 étudiants. Son père, quelque peu stupéfait, attend de Lucille qu'elle confirme :

— Seulement huit tu me dis?

— Oui, papa, et il paraît que c'est beaucoup.

Son père lui sourit, trop heureux que Lucille soit l'une d'elles. Lucille baisse un peu la tête par pudeur, elle dissimule légèrement sa joie. Puis, elle hoche la tête de côté et regarde son père d'un regard intense. De ses yeux mi-frondeurs et mi-tendres, elle lui dit « merci ». Mais saura-t-elle être à la hauteur? Deviendra-t-elle un bon médecin? Ses doutes, heureusement, ne font pas obstacle à ses études. Et les préjugés de son milieu encore moins. En effet, Lucille veut devenir chirurgienne. Une spécialité médicale où la femme est quasi ou sinon absente.

— Aucune femme ne mettrait la vie de son enfant entre les mains d'une femme, a déjà entendu Lucille dans son entourage.

Elle rétorque à cette idée préconçue :

— La femme peut tout aussi bien apprendre la chirurgie qu'elle peut apprendre la couture.

Et vlan! Seule femme de sa spécialité, elle devient en 1955 diplômée en chirurgie. En fait, elle devient l'une des premières femmes diplômées en chirurgie du Québec. Mais cela ne se fait pas sans effort! Elle travaille des heures et des heures tous les jours de la semaine. Mais que valent toutes ces heures de labeur devant le sentiment d'accomplissement, le sentiment d'avoir vaincu maints obstacles, le sentiment de se rapprocher de son rêve?

La partie est loin d'être terminée. Lucille poursuit sa formation à l'Hôpital Ste-Justine de Montréal comme chirurgienne pédiatrique. D'une énergie débordante, Lucille travaille jusqu'à 16 heures par jour. Bien sûr, la fatigue peut s'emparer d'elle à certains moments où elle aurait le goût de tout lâcher, mais ce n'est que l'émotion de l'instant.

Autrement, Lucille, timide par nature, paraît froide, voire hautaine avec sa manière directe de dire les choses. Toutefois, tout le personnel médical peut compter sur elle pour rendre service.

— Lucille, Raymond est absent aujourd'hui parce que sa mère est malade, et j'ai trouvé personne pour le remplacer… Lucille ne laisse pas le chirurgien en chef terminer sa phrase trop pressée de lui répondre.

— Bien sûr que j'peux le remplacer, docteur Frémont.

Loin d'être froide, Lucille est plutôt une femme d'une grande sensibilité. Il faut tout simplement la voir à l'œuvre quand elle prend soin des jeunes patients de l'hôpital pour se rendre compte de sa générosité envers les autres. Elle est par contre si absorbée par son travail qu'il est difficile pour Piero Corti, un médecin italien qui est venu étudier la pédiatrie à l'Hôpital Ste-Justine, de faire connaissance avec elle.

— Ce n'est pas facile, pas facile du tout de voir Lucille à l'hôpital. Elle travaille du matin au soir et du soir au matin, commente Piero à un ami.

Elle est comme une petite gazelle qui sautille, qui court, allant d'un patient à l'autre. Elle a donc peu de temps à consacrer à Piero qu'elle a rencontré dans les couloirs de l'établissement par l'entremise d'un ami. De plus, Lucille et Piero semblent bien différents l'un de l'autre. Lucille est réservée et froide, et Piero sociable et chaleureux. Il est en plus élégant et gentleman, ce qui n'est pas pour déplaire au personnel féminin de l'hôpital. Et Lucille vient d'une famille modeste de l'est de Montréal, alors que Piero vient d'une riche famille de Besana, au nord de l'Italie, dans la région de la Lombardie où se trouve aussi Milan. Enfin, Lucille est très assidue dans son travail, Piero préférant les loisirs. Il y a au moins une chose essentielle qui est identique chez ces deux jeunes médecins : le désir d'aller pratiquer la médecine dans un pays pauvre.

Lucille doit toutefois terminer sa formation en médecine. Elle doit aller dans un pays étranger pour faire un stage, c'est-à-dire travailler dans un hôpital d'un autre pays pendant quelque temps. Une fois le stage terminé, elle pourra pratiquer la chirurgie à titre de chirurgienne. Elle choisit les États-Unis. Elle envoie 20 demandes à différents hôpitaux. Et les 20 institutions la refusent.

— C'est absurde! dit-elle. J'ai d'excellentes notes et de bonnes lettres de référence.

Dans les réponses qu'elle a reçues, certains hôpitaux ne se gênent pas pour lui dire qu'ils l'ont refusée parce qu'elle est une femme. Devant l'air déconfit de Lucille, un collègue de travail l'interroge :

— Ça va pas, Lucille? On dirait que tu as reçu une mauvaise nouvelle.

— Parle-m'en pas! On veut pas de moi comme chirurgienne aux États-Unis. Être une femme chirurgienne, on dirait que c'est pas à la mode.

— Ben, lâche pas et regarde ailleurs. Le monde entier va quand même pas te refuser!

Marseille – Située au nord-est de la France, Paris en est la capitale et en est la ville la plus peuplée. Surnommée la *ville lumière*, Paris abrite des monuments très importants : la tour Eifel, la cathédrale Notre-Dame, le château de Versailles… Elle est aussi le lieu d'importantes organisations gouvernementales comme l'Organisation des Nations Unies pour l'éducation, la science et la culture (UNESCO) et non gouvernementales (ONG) comme Médecins du monde, Reporters sans frontières.

Marseille, située au sud-est de la France en Provence, est une ville industrielle près de la Méditerranée. La ville possède aussi plusieurs monuments importants comme des châteaux, des églises, des bains romains. Elle abrite aussi des organisations internationales.

Lucille doit absolument trouver un endroit, un pays. Elle choisit donc la France et fait deux demandes, l'une à Paris, et l'autre à **Marseille** au sud du pays. Elle reçoit une réponse positive des deux centres hospitaliers. Elle obtient une bourse d'étude et décide de partir pour Marseille. Son stage comprendra aussi un an à Paris. Lucille en est bien heureuse. Elle sait que c'est le rêve de bien des gens de voyager en France. Elle part donc vers une nouvelle aventure, seule mais avec le courage et la détermination à la portée de la main. Et caché, tout au fond de ses valises, le doute d'elle-même. N'a-t-elle pas fait une chirurgie à Ste-Justine qui a mal tourné? La patiente a dû être réopérée quelques jours plus tard, mais cette fois-ci avec succès. Lucille s'en ai terriblement voulu.

— La chirurgie, c'est trop de responsabilité. Je n'y arriverai pas.

La petite voix intérieure qui ronge sa confiance ne fait néanmoins pas obstacle à son désir d'aller au bout de son rêve.

— Je deviendrai une bonne, une excellente chirurgienne.

Ses valises une fois prêtes, elle embarque dans la voiture de son père qui la conduit jusqu'au port de New York.

CHAPITRE 5

LUCILLE S'ENVOLE POUR UNE VIE NOUVELLE

Durant tout le trajet, son père reste silencieux sur les projets professionnels de sa chère fille. Son silence, contrairement à ce que l'on pourrait penser, n'exprime pas de l'indifférence. Bien au contraire… Il est tellement heureux pour elle! Lucille, sa petite fille qui s'envole pour l'Europe afin d'y poursuivre ses études. Lucille qui n'a pas froid aux yeux et qui trace sa route là où elle veut aller depuis son adolescence. La voilà maintenant qui s'embarque sur *La Liberté*, un paquebot français, à l'âge de 31 ans.

— Ben, au revoir ma belle Lucille, lui dit-il en la prenant par les épaules afin de lui donner des baisers sur les joues.

Lucille regarde tendrement son père, un sourire en coin.

— Au revoir papa, fais attention à toi.

Les « au revoir » sont réservés mais sincères. Dans la famille, les émotions sont souvent rangées au fond d'un tiroir. Sur le bateau, Lucille a pris une chambre en première classe afin d'être seule. Sur le bateau, elle navigue entre deux mondes. En première classe où se trouvent les voyageurs plus aisés, et la classe touriste où se trouvent les voyageurs moins fortunés. En effet, Lucille peut se payer une chambre en première classe où elle peut dormir seule, mais elle n'a pas les moyens financiers de s'y payer les repas; elle mange donc en classe touriste. D'une classe sociale à l'autre, d'un pays à l'autre, Lucille, semble-t-il, doit s'y faire.

Arrivée en France, Lucille prend ensuite un train vers Marseille. Le regard posé vers la fenêtre, elle prend plaisir à regarder le paysage : les petites maisons françaises, et puis enfin le soleil de Marseille. Lucille est accueillie par une famille chez qui elle va habiter durant son internat à l'Hôpital de la Conception.

— Bonjour, vous êtes Lucille? Entrez, entrez. Avez-vous fait bon voyage? Oh! Pardon, je suis Claudine Messier, mais vous le savez déjà, ajoute Claudine qui avait déjà communiqué avec Lucille avant son départ.

Et l'hôte l'invite à déposer ses valises dans la chambre réservée pour elle.

Lucille fait un petit tour de la ville, mais elle ne tarde pas à commencer à travailler comme interne. Comme à l'Hôpital Ste-Justine de Montréal, Lucille pratique la chirurgie pédiatrique dans cet hôpital français.

Son intégration à l'hôpital se fait facilement. À vrai dire, elle se fait vite remarquer, car non seulement elle fait partie des rares femmes médecins à cet endroit, mais en plus elle en est la seule femme qui pratique la chirurgie. Lucille est entourée de nouveaux amis qui lui font découvrir la ville et ses alentours. Elle découvre la Provence qu'elle n'a vue que dans des livres, elle va au cinéma et y voit des films qui sont **interdits au Québec**. Outre ses moments de détente, Lucille, comme toujours, travaille fort. Elle est là pour ça d'ailleurs.

— Dans un an et demi, j'obtiendrai mon diplôme de chirurgie, se dit-elle pour s'encourager.

Ses pensées sont dédiées à son travail et lui laissent peu de place pour se remémorer sa rencontre avec le sympathique médecin italien, Piero Corti, qu'elle a croisé à l'Hôpital Ste-Justine. Lui, en revanche, se souvient d'elle, même s'il a eu peu de succès pour attirer son attention.

Interdits au Québec – À cette époque, le Québec, très conservateur et catholique, interdisait la lecture de plusieurs œuvres littéraires et le visionnement d'œuvres cinématographiques. Selon le clergé du Québec, certaines œuvres contrevenaient à la bonne morale catholique.

Après plusieurs voyages en Inde et en Afrique, comme au Tchad et au Congo, Piero retourne en Italie d'où il écrit à Lucille. Il tient à lui partager son rêve de bâtir un hôpital en Ouganda. Et contre toute attente, Lucille, toujours prudente et réservée, lui écrit une carte postale l'invitant à venir à Marseille.

Cher Piero,

Je suis à Marseille pour quelque mois. L'hôpital ici m'a acceptée en tant que résidente. Si jamais vous passiez par ici, il me ferait plaisir de recevoir votre visite.

Ciao

Lucille

L'histoire de Lucille et Piero commence vraiment à Marseille…

Après son arrivée à Marseille, Piero l'invite dans un restaurant du vieux port de la ville. Passionné par son projet, il lui parle de ses rêves pour un petit dispensaire, qui est un simple établissement où on soigne gratuitement les malades, en Ouganda : il veut en faire l'un des meilleurs hôpitaux du pays.

— Oui, je sais, c'est beaucoup de travail. Mais on peut y arriver! s'exclame-t-il en regardant Lucille avec une expression presque enfantine.

Lucille de son côté le regarde d'un air dubitatif et curieux.

— C'est qui ça « on »? demande-t-elle un sourire en coin, car celui de Piero est communicatif.

Piero pose le coude sur la table et cherche le regard de Lucille.

— Tu vois, Lucille, je cherche un chirurgien qui a de l'expérience. Et cette personne c'est toi. Alors tu…Piero reprend son souffle. Pourvu qu'elle dise « oui », se dit-il en son for intérieur.

— Alors, Lucille, tu…

Un léger sourire se dessine sur le visage de Lucille. De nature directe, elle interrompt Piero … si on peut dire.

— Ben, vas-y, j'vais pas te manger. J't'écoute.

— Lucille, tu serais la personne parfaite. Pourquoi ne viendrais-tu pas passer un ou deux mois en Ouganda?

Elle, la personne parfaite? Elle qui doute souvent de l'excellence de son travail. D'un autre côté, la petite fille en elle lui remémore son rêve : pratiquer la médecine dans un pays pauvre, dans un pays du tiers-monde. C'est peut-être l'occasion de le réaliser, ce rêve. Mais Lucille veut prendre le temps de réfléchir. De son côté, Piero part vers sa ville natale, Besana, et Lucille reprend le travail, déterminée à finir son stage. Cette fois-ci, Piero est dans ses pensées, plus précisément sa proposition d'aller en Ouganda.

Au mois de décembre 1960, Piero invite Lucille à passer un moment dans sa famille à Besana entre Noël et le jour de l'An. Partir en Ouganda est une décision qu'elle ne veut prendre sur un coup de tête. Faire un séjour à Besana lui donnerait la chance de mieux connaître Piero et de rencontrer sa famille. Mais elle ne s'attendait pas du tout à être présentée à une famille aussi riche, entourée d'œuvres d'art de la **Renaissance** et à être accueillie par une servante prête à lui prendre son manteau. En plus, la famille de Piero l'accueille chaleureusement en s'adressant à elle en anglais ou en français, sinon les membres de la famille de Piero se parlent en italien. Lucille, la petite fille de l'est de Montréal, se retrouve dans une famille fort cultivée et où surtout les frères et sœurs semblent proches les uns des autres. Décidément, elle n'est vraiment pas habituée à tant de chaleur humaine. Elle éprouve un certain malaise, incertaine d'être à sa place. Et pourtant, les parents et les frères et sœurs de Piero sont tous tellement aimables! Un soir, Piero invite Lucille à la Scala, un théâtre d'opéra italien, pour y voir un ballet, *Cendrillon*. Lucille n'a pas oublié la raison de sa venue en Italie : l'invitation de Piero d'aller en Ouganda à titre de chirurgienne. Cette idée lui traverse l'esprit durant le ballet. Au cours de l'entracte, Lucille s'adresse à Piero.

Renaissance – La Renaissance artistique est une période où les artistes se sont inspirés de l'art gréco-romain, c'est-à-dire des œuvres de l'Antiquité de la Grèce et de Rome (Italie). Durant cette période, ils ont tourné le dos au Moyen Âge (Ve au XVe siècle) qui était auparavant leur source d'inspiration. La Renaissance a débuté en Florence, en Italie, vers le XIVe siècle et s'est étendue dans une bonne partie de l'Europe jusqu'au XVIe siècle.

— Oui, c'est oui. Je t'accompagne en Ouganda, mais c'est seulement pour un ou deux mois.

Piero ne pouvait espérer mieux. Un « oui » de Lucille vaut bien mieux qu'une danse avec Cendrillon.

CHAPITRE 6

UNE TERRE NOUVELLE, UNE TERRE AFRICAINE

Le 2 mai 1961, Lucille s'envole pour l'Ouganda avec Piero. Le moteur de l'avion se met en marche. À cet instant, les battements de cœur de Lucille s'accélèrent. Elle sent bien que c'est toute une nouvelle aventure qui commence. Piero qui sent sa nervosité pose sur elle un regard compatissant, et puis ferme légèrement les yeux tout en hochant la tête et lui dit:

— Ça va aller. Tu verras, tu vas t'y plaire.

— Oui, j'en doute pas, mais en même temps c'est tout à fait l'inconnu pour moi. En France, même si c'était différent du Québec, les hôpitaux, eux, se ressemblent, même les patients ont des problèmes de santé similaires. Ici, en Ouganda…

— En Ouganda, Lucille, ce sera l'occasion pour toi de faire de belles choses, pas juste des choses bien faites, mais de belles choses.

Lucille, pensive, regarde par le hublot. Le périple est long mais fascinant. Ils survolent la Méditerranée, l'Égypte, les déserts et enfin l'Ouganda. Ils atterrissent à la ville d'Entebe près du grand lac Victoria. Loin à l'horizon, Lucille fixe son regard sur des montagnes, les monts Ruwenzori, que la population nomme les montagnes de la Lune dont l'expression proviendrait d'une description donnée par Ptolémée, un auteur grec de l'Antiquité. C'est si beau! Lucille ne cessera d'être surprise. Elle poursuit la route en voiture avec Piero en direction de la capitale, Kampala. Lucille, qui regarde le paysage urbain, était loin de se douter que la ville afficherait une telle richesse: de belles maisons, des banques, plusieurs boutiques, cafés et restaurants, des vendeurs offrant plein de bons fruits exotiques comme la mangue et la papaye. Lucille ne détache pas son regard de cette abondance qui, une fois sortis de la ville, disparaît. Le monde change radicalement devant ses yeux. Aux maisons opulentes se succèdent l'une après l'autre des huttes qui ne tiennent qu'à un fil. Des huttes qui abritent non seulement la famille immédiate mais la parenté. La pauvreté y est très grande. Lucille et Piero continuent sur les routes de terre qui les mèneront 300 kilomètres plus loin au nord, à Gulu. Devant eux, défilent cette fois-ci des plantations de bananes, de café.

— L'Ouganda est si différent d'un endroit à l'autre, murmure Lucille à elle-même.

Les riches plantations font maintenant place à une terre aride arborant des arbres quasi asséchés. Plus loin, se pointent des huttes, signe d'une civilisation. Arrivée à Gulu, Lucille s'apprête à ouvrir la porte de la voiture quand Piero lui indique du doigt leur destination finale.

— C'est plus loin, un peu.

Ils s'éloignent donc de la civilisation et roulent encore jusqu'au dispensaire St-Mary's Lacor qui ne compte que 40 lits.

— Un hôpital perdu dans la savane. Je suis vraiment loin de tout, dit Lucille les yeux grand ouverts.

— Ben, tu verras, quand ce petit dispensaire deviendra un grand hôpital, tu seras entourée de plein de gens, la rassure Piero.

— Je serai pas là. Un ou deux mois, c'est vite passé. Et on construit pas un hôpital en si peu de temps, réplique Lucille, toujours vive d'esprit.

Piero, spontanément, a dévoilé sans le vouloir ce qu'il souhaitait du fond du cœur : que Lucille reste.

Lucille traverse l'entrée de l'hôpital et entend des tambours. Puis, elle voit trois tambourineurs de la tribu des Acholis. Tenant leur tambour d'une main et tapant de l'autre, ils sourient à Lucille et Piero. Lucille, les mains sur les hanches, se plante juste à côté d'eux et les regarde enchantée par cet accueil chaleureux.

Elle est ébahie par la nouvelle expérience de vie qui s'offre à elle, mais en même temps l'incertitude la ronge. Elle se rend compte qu'elle est la seule chirurgienne à Gulu qui compte 40 000 habitants. Les yeux perdus dans l'immensité de la savane, Lucille regarde tout autour d'elle.

— Comment vais-je faire? Il faut que je sois à la hauteur, que je fasse du bon travail. Tous ces gens qui me sont inconnus, complètement inconnus.

Son monologue intérieur est interrompu par le son d'une voix à l'accent italien qui l'appelle par son nom.

— Docteur Lucille, docteur Lucille, répète une infirmière religieuse italienne qui veut lui montrer sa chambre.

« Maladie du sommeil » – La « maladie du sommeil » dont le vrai nom est la trypanosomiase africaine provient d'une piqûre d'insecte appelé la mouche tsé-tsé qui transmet dans le corps humain un parasite. Cette maladie touche les animaux et les êtres humains. Les personnes infectées se trouvent principalement en Afrique subsaharienne, c'est-à-dire au sud du Sahara, ce qui représente les trois quarts du continent africain.

Cela tombe bien car il est tard. Lucille se couche presque aussitôt entrée dans sa chambre. Demain, la grande aventure commence réellement.

La journée débute à 8 heures. Lucille et Piero vont voir les patients et tentent le plus possible de poser le bon diagnostic. L'un et l'autre s'entraident en s'interrogeant sur leurs connaissances. Pour le bien des patients, ils doivent travailler ensemble, conjointement. Ils doivent partager leur savoir afin de poser le bon diagnostic pour chacun des malades. En effet, les maladies dont peuvent souffrir les patients sont différentes des pays riches, comme le Canada ou l'Italie. Le paludisme, le choléra, la **« maladie du sommeil »** sont des maladies graves. Les gens qui en sont atteints peuvent en mourir s'ils ne sont pas traités à temps. Jour après jour, tous les deux veillent patiemment sur les patients. De plus, Lucille donne un petit cours à des infirmières sur la manière de travailler en salle d'opération. Peu importe les circonstances, Lucille veut que le travail soit impeccable.

Un mois s'écoule et Lucille n'a toujours pas fait d'opérations. Un jour, la sœur italienne Anna Pia, qui est aussi infirmière et sage-femme, arrive en courant :

— Venez vite, docteur Lucille. Une mère va accoucher mais il y a un problème. Le bébé n'est pas bien positionné. Je crois, docteur Lucille, qu'il faut l'opérer.

Lucille sent son cœur battre non pas tant à l'idée de faire enfin une chirurgie, mais plutôt parce qu'elle n'a jamais fait de césarienne qui consiste à pratiquer une incision dans le ventre de la mère pour en extraire le bébé. Sa première chirurgie en Ouganda serait une césarienne, chose qu'elle n'a jamais faite.

— Oh, non, non! Il faut demander à quelqu'un d'autre, se dit-elle rapidement à elle-même.

Elle ne peut pas demander de l'aide d'un collègue, car elle est la seule chirurgienne de l'hôpital. Lucille cherche son souffle, ferme les yeux un court instant avant de les ouvrir à nouveau. Elle n'a pas le temps de douter d'elle-même; elle doit agir.

— Bon, amenez la patiente au bloc opératoire.

— Mais on n'a pas de bloc opératoire, répond la sœur désœuvrée.

— Bon, eh bien, préparez ce qu'il faut dans la chambre de maternité.

Pendant ce temps-là, elle court rapidement à sa chambre et met la main sur son livre *Traité de technique chirurgicale*. Elle lit rapidement les passages sur la césarienne et rejoint vite la patiente. Piero a déjà anesthésié la mère qui s'est endormie tout doucement. Le bistouri à la main, Lucille se concentre et regarde le ventre de la patiente tout en se remémorant les passages du livre qu'elle vient de lire. Elle effectue l'opération avec doigté et succès. Un petit garçon est né et en santé. Piero la regarde avec admiration. Il adresse un sourire à Lucille comme pour lui dire : « Tu vois, je savais que tu étais le chirurgien qu'il fallait ici. » Lucille qui pensait ne pas être d'un grand secours, venait de sauver la vie d'un tout petit garçon et de sa mère. Va-t-elle encore douter d'elle-même après cet acte de courage?

Elle continue de prendre soin de la patiente et de son enfant encore quelques jours avant de les laisser retourner chez eux. Tout juste avant son départ, la jeune mère, son bébé sur le dos tenu par un châle, se dirige vers Lucille et lui prend les mains. Elle relève la tête et pose son regard respectueux vers Lucille.

— *Apwoyo*, lui dit-elle d'une douce voix. Elle vient de lui dire « merci » dans sa langue maternelle, l'acholi.

Ce n'est pas un simple « merci ». C'est un « merci » plein de reconnaissance qui touche Lucille. Elle en a les yeux mouillés mais se garde bien de pleurer. Lucille se sent utile et cela lui fait du bien.

Cela fait maintenant non pas un ou deux mois qu'elle est à Gulu, mais bel et bien quatre mois. Il est temps pour elle qu'elle retourne à Marseille et qu'elle finisse par la suite sa formation comme chirurgienne à Paris. Pendant ces quatre mois, Piero s'est attaché à Lucille. En fait, il en est tombé amoureux. Comme le départ de Lucille approche, il sent qu'il est temps de lui faire une demande en mariage, ce qu'il fait… maladroitement.

— Oh Lucille, pourquoi on ne se marie pas? J'pourrais demander à l'évêque de nous marier lundi.

Lucille se tourne vers lui et le foudroie du regard.

— Quoi? Tu es… tu es fou! Voyons! C'est vraiment trop rapide.

Elle garde ensuite le silence. Allait-elle d'un seul claquement de doigts annuler tous ses projets personnels en France, à Montréal? Piero vient de se rendre compte de sa maladresse. Lucille ne change pas ses plans et repartira donc comme prévu à Marseille.

CHAPITRE 7

LE RETOUR À MARSEILLE ET L'ADAPTATION À GULU

Piero doit retourner en Italie. Son père est malade et il va subir une opération. Piero veut être auprès de lui. Avant de repartir pour Marseille, Lucille accepte l'invitation de Piero de passer quelques jours à Rome. Entre-temps, Piero, le rusé, a demandé à sa famille de montrer à Lucille comment il était bon garçon, car il espère que Lucille changera d'avis à propos de sa proposition de mariage. La famille de Piero, comme la dernière fois, l'accueille toujours aussi chaleureusement. D'ailleurs, elle s'y sent plus à l'aise que lors de sa première visite. Le séjour terminé, à la gare de Milan, Piero, tenace de nature, lui demande à nouveau :

— Lucille, veux-tu m'épouser?

Cette fois-ci, un sourire en coin pointe sur le visage de Lucille qui n'en revient pas de la ténacité de Piero.

— Je te promets que nous nous reverrons un jour à Gulu, répond-elle énigmatique.

De retour à Marseille, Lucille replonge dans son travail, mais cette fois-ci, contrairement à son stage à l'Hôpital Ste-Justine, les occupations professionnelles ne lui permettent pas d'oublier Piero. Lucille a souvent refoulé ses sentiments de tristesse, ses craintes, ses doutes, mais il s'agit maintenant d'un sentiment de bonheur : elle aime Piero et elle veut l'épouser. Elle lui annonce la nouvelle. Piero est aux anges! Elle quitte Marseille, se rend à Paris pour annoncer qu'elle renonce à son internat. Comme la famille de Piero ne peut être présente au mariage à Gulu, Lucille va donc se fiancer en Italie le 31 octobre 1961... mais sans le principal intéressé resté en Ouganda où l'hôpital a besoin de lui. Lucille trouve difficile d'être là sans Piero, mais tout le monde l'entoure d'attention, comme la mère de Piero. Touchée par tant d'affection, Lucille écrit à Piero des lettres.

> *J'ai joué la comédie de la femme froide et inaccessible. Je suis redevenue moi-même, celle que tu as devinée derrière le masque.*
>
> *Piero, si jamais on a des enfants, je veux que tu m'aides à devenir une mère comme la tienne. Merci, Piero, de me donner, avec ton amour, une vraie famille, une famille dont je rêvais sans croire qu'elle puisse exister.*

Peu de temps après les fiançailles, Lucille s'envole à Montréal. Elle veut annoncer son mariage en personne. Sa famille est très heureuse pour elle. Pendant son court séjour, Lucille apprécie les promenades matinales avec son père.

— C'est frais ce matin, mais en même temps ça me revigore.

Son père se met à rire.

— Eh bien, t'as déjà oublié ce qui s'en vient icitte. Quand on gèle en hiver, j'sais pas si on peut vraiment parler d'air frais qui revigore.

Lucille dévoile un large sourire tout en étant bien consciente de ce que la réplique de son père dévoile d'une manière sous-entendue. En effet, quand reverra-t-elle son père? Elle ne le sait pas. Même si les épanchements affectifs se font rares, Lucille et son père sentent que ces moments passés ensemble sont précieux.

Au début de décembre 1961, après un arrêt aux États-Unis où elle a rencontré des membres de la famille Corti venus y voir un spécialiste de la santé, Lucille s'envole pour l'Ouganda. Elle veut se marier le plus tôt possible. Ainsi, dès le lendemain de son arrivée, le 4 décembre 1961, Lucille Teasdale et Piero Corti se marient à la chapelle de l'Hôpital St-Mary's Lacor… à 8 heures du matin. Décorée de fleurs tropicales par les religieuses, la chapelle est remplie d'invités. L'ambiance est joyeuse. Après la cérémonie, un petit déjeuner composé de bacon et d'œufs leur est servi. Lucille rigole :

— Que pensera ma famille en leur disant cela?

Le simple repas est quand même suivi d'un gâteau de noces. Les célébrations sont terminées, et Lucille et Piero s'apprêtent à partir pour leur voyage de noces au **Kenya**. Mais Lucille, absente depuis trois mois de l'hôpital, tient avant de partir à aller voir les patients. Sa robe de mariée toujours sur le dos, elle enfile sa blouse blanche de médecin.

Kenya – Le Kenya est situé à l'ouest de l'Ouganda et partage avec ce pays le grand lac Victoria. Tout comme l'Ouganda, le Kenya était sous le protectorat britannique. Il obtient son indépendance le 12 décembre 1963, soit un an après l'Ouganda. Les langues officielles sont le swahili et l'anglais quoiqu'il existe un grand nombre de dialectes désignant des variétés de langues qui s'apparentent et qui sont issues d'un même territoire. Par exemple, en France, il y a déjà eu plusieurs variétés de français divisées en deux grandes classes, la langue d'oïl au nord et la langue d'oc au sud.

Elle sait très bien qu'elle est non seulement liée à Piero mais aussi aux patients pour le reste de sa vie.

Dès leur retour de leur voyage de noces, Lucille et Piero se remettent vite au travail. Tout est à construire. Piero se charge de trouver de l'argent pour l'hôpital.

— Je vais travailler un peu ce soir, Lucille.

— Tu te reposes pas? demande Lucille qui veut prendre soin de Piero.

— Oui, j'aimerais, mais, mais je dois écrire des lettres à plusieurs organismes comme en Italie, à Montréal. On a vraiment besoin de fonds et j'voudrais pas trop tarder.

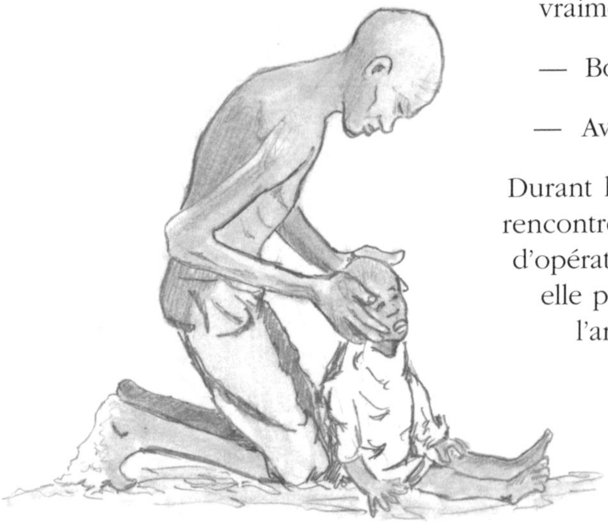

— Bon, je vais faire un peu de lecture à tes côtés, ça va?

— Avec toi, ça va toujours, Lucille.

Durant le jour, Piero vaque à ses tâches de médecin : il rencontre des malades, s'occupe de les anesthésier lors d'opérations. Lucille, elle non plus n'arrête pas. Le matin, elle peut voir jusqu'à 300 patients. Elle utilise aussi bien l'anglais, le français que l'italien. Les patients, eux, parlent en majorité l'acholi. Lucille, qui veut toujours être près des patients, a donc appris également leur langue. Toutefois, elle doit avoir recours à un interprète, sa maîtrise de la langue n'étant pas encore assez bonne, du moins à ses débuts. De plus, les Acholis n'ont pas la même notion de temps que nous. Sont-ils malades depuis deux semaines, deux mois, deux ans? Ils ne peuvent le dire. *Ils ne savent même pas leur âge*, explique Lucille dans une lettre qu'elle a écrite à sa sœur Lise qui habite à Montréal.

Les conditions de travail restent difficiles. La salle d'opération, qui n'en est pas vraiment une, se compose d'une petite table et d'une lampe qui ne cesse de clignoter. De plus, le service téléphonique n'est pas toujours constant. Enfin, l'eau n'est pas toujours disponible, et l'électricité fonctionne à bâtons rompus.

— Sœur Anna, avons-nous assez d'eau pour faire les solutés?

— Apparemment oui, je ne suis pas certaine.

— Pouvez-vous aller vous renseigner s'il vous plaît, sœur Anna?

En disant cela, une panne d'électricité survient.

— Bon, encore une panne! Sœur Anna, il faudrait aussi vérifier si la génératrice fonctionne bien, j'ai plusieurs opérations cet après-midi.

Pour ce qui est de la télévision, il n'y en a tout simplement pas. Et que dire de l'état des patients qui sont souvent atteints de plusieurs maladies à la fois. Lucille, proche de sa sœur Lise, lui fait part de cette situation.

> *Nous sommes les seuls médecins ici et nous travaillons sans relâche du matin jusqu'au soir. Les besoins sont considérables. Nous soignons à peu près tout : maladies infantiles, malaria [paludisme] et blessures infligées par des éléphants et des lions. Piero est constamment en train de quémander de l'argent et des fournitures. Nous manquons de tout, mais cela ne nous empêchera jamais de persévérer.*

Lucille et Piero doivent s'adapter à ces diverses situations qui feraient fuir plus d'un médecin. Lucille respecte les coutumes locales des Acholis, à moins que celles-ci ne mettent la vie des gens en danger, comme c'est le cas avec la coutume de l'*ebino*. Lorsqu'un bébé a de la fièvre, la mère a l'habitude de regarder si les gencives sont enflées autour des canines. Une enflure est normale chez un bébé dont les dents percent. Pour les Acholis, la fièvre est provoquée par le gonflement et associée au paludisme. Le guérisseur du village, appelé *ajwaka*, enlève les canines, non encore sorties, à l'aide d'outils comme une pointe de flèche ou même un clou. Effectuée dans des conditions peu hygiéniques, l'extraction des bourgeons des canines entraîne des infections très graves et peut même provoquer la mort. Lucille tient à informer les mères des dangers que courent leurs bébés.

— Vos bébés peuvent mourir si vous faites ça. La semaine dernière, un bébé en est mort.

Lucille travaille fort pour ses patients et a un profond malaise quand la mort frappe alors qu'elle aurait pu être évitée. C'est une des raisons pour lesquelles elle si exigeante avec le personnel médical. L'hygiène est très importante, surtout lors d'une opération. Lucille sait qu'il faut faire vite en opérant, car plus l'opération dure, plus il y a risque d'infection.

Piero, qui anesthésie les patients et qui assiste aux opérations effectuées par Lucille, parle d'elle avec ravissement aux religieuses.

— Lucille est très tendre avec les malades même quand ils sont endormis. Ses gestes sont doux, mais ça ne l'empêche surtout pas de faire une opération avec rapidité et doigté. C'est comme si tout ça était inné chez elle.

Leur amour de la médecine et des patients, les besoins criants de l'hôpital, leur exigence au plan professionnel et leur persévérance à réaliser leur rêve expliquent le dur labeur de Lucille et Piero. D'ailleurs, la nouvelle des bons soins donnés à l'Hôpital St-Mary's Lacor se répand en moins d'un an et le nombre de patients augmente.

CHAPITRE 8

L'HÔPITAL S'AGRANDIT, LA FAMILLE AUSSI

L'hôpital compte maintenant 150 lits. Il y en n'avait que 40 à leur arrivée. Après maints efforts, Piero a réussi a amassé des fonds pour ouvrir une clinique de pédiatrie.

— Enfin, Lucille ! Enfin on l'a, notre clinique de pédiatrie. Les petits auront leur propre clinique. Ça me réjouit profondément.

— Oui, mon cher, pis ça sera plus facile de gérer les adultes d'un côté dans leur clinique, et les enfants de l'autre. C'est vraiment pas gratuit tout ça. T'as travaillé tellement fort, renchérit Lucille fière de son époux.

En comptant les adultes et les enfants, l'hôpital accueille maintenant plus de 44 000 patients chaque année. Lucille, reconnue comme une chirurgienne experte, reçoit des patients qui lui sont directement envoyés par d'autres chirurgiens du nord de l'Ouganda. En fait, certaines opérations sont si délicates que seuls le talent et les connaissances de Lucille font des interventions chirurgicales un succès. Mais Lucille et Piero ne peuvent suffire à la tâche : trop de patients et trop peu de personnel médical.

Lucille pourtant est très efficace : elle travaille vite et bien. Elle peut même soigner un malade et donner des commentaires à une infirmière qui s'occupe d'un autre patient. Lucille palpe l'abdomen d'un homme qui hurle de douleur quand elle lui touche le côté droit de son ventre.

— Hum, avez-vous vomi dernièrement?

L'homme acquiesce. Lucille lui met un thermomètre dans la bouche et se tourne rapidement vers Angela, une infirmière.

— Cette jeune fille a eu une diarrhée sévère. Il faut vite la réhydrater.

Elle reprend le thermomètre et en fait la lecture.

— Vous faites un peu de fièvre. C'est clair que vous avez une appendicite, affirme–t-elle au patient. On va devoir vous opérer, mais ne vous inquiétez pas.

Elle appelle une infirmière et demande d'emmener cet homme à un interne italien à la salle d'opération.

Piero qui la voit aller n'en revient toujours pas de son talent à diagnostiquer si rapidement. Toutefois, il désire quand même lui exprimer quelque chose qui le tracasse quelque peu.

— Lucille, tu es très douce et efficace avec les patients, mais je trouve… je trouve que tu devrais passer un peu plus de temps avec chacun d'eux.

Avec son sens de la répartie habituelle, Lucille lui répond :

— Voyons! T'as vu tous ces gens malades qui sont en ligne dehors? T'es pas réaliste, Piero.

Piero fait une petite moue en bougeant sa tête de gauche à droite. Il sait bien qu'elle n'a pas tout à fait tort.

-- Ben, on n'a pas le choix, il faut plus de personnel, constate Piero. Les médecins italiens qui nous aident, ce n'est pas suffisant.

Lucille, le stéthoscope au cou, et tout en regardant le nouveau patient qu'elle s'apprête à ausculter, affirme :

— Ouais, d'autant plus que la plupart des médecins vont retourner tôt au tard en Italie. Il nous faut des infirmières et des médecins qui restent ici, des infirmières et des médecins ougandais.

Africaniser l'hôpital n'est-ce pas d'ailleurs un des objectifs qu'ils veulent atteindre? Vouloir que la grande majorité du personnel, du concierge au médecin, soit africain?

— Bon, bien, pour avoir des infirmières et des médecins ougandais, il faut les former. Il nous faut alors des écoles, constate Piero.

— C'est en plein ça, affirme Lucille.

Piero quitte la pièce en se disant qu'ils s'en reparleraient plus tard. Pour l'instant, Lucille a besoin de se concentrer sur ce qui lui importe dans le moment présent, les patients.

Kampala, la capitale, située au sud de l'Ouganda, forme des infirmières, mais il est rare que celles-ci veuillent ensuite venir travailler dans le nord du pays où se trouvent Gulu et l'Hôpital St-Mary's Lacor. Il fallait donc former les infirmières à l'hôpital même. Il fallait donc bâtir un établissement. Piero commence alors à entreprendre les démarches pour la recherche de fonds. Lucille et Piero ont besoin d'argent pour construire une école. Piero tape une lettre à la machine à écrire. C'est le soir, peu de temps après le repas. Lucille, assise dans la même pièce que Piero, écoute à faible volume Édith Piaf qu'elle aime beaucoup.

— À qui écris-tu cette fois-ci, Piero?

— J'écris à un organisme en Italie. Et concentré, il se repenche à nouveau sur sa lettre.

— J'espère qu'il ne tardera pas à nous répondre... positivement. Mais Lucille ne sait pas si Piero l'a véritablement entendue, lui qui murmure en italien les mots à écrire.

Une fois la lettre terminée, Piero lève les yeux vers Lucille avec un large sourire qui démontre à la fois son amour pour son épouse, mais aussi tout son optimisme face à leur nouveau projet.

— Piero, j'ai beaucoup pensé à la création de notre programme scolaire pour former les futures infirmières. Je veux que ce soit du solide.

Piero acquiesce en hochant la tête, car tous les deux veulent une école de pointe en soins infirmiers. Et ce n'est pas du jour au lendemain que l'on construit une école de ce niveau. C'est donc plusieurs années plus tard, en 1973, que l'école d'infirmières St-Mary's Lacor ouvre ses portes. C'est la première école de ce genre en Ouganda à l'extérieur de Kampala.

De la capitale même, Lucille et Piero ont réussi à faire venir des internes, des étudiants en médecine de l'Université Makerere, la plus grande université de l'Ouganda. Des internes d'Italie séjournent aussi à l'hôpital pendant au moins deux ans. Leur rêve pour leur hôpital ne s'arrête pas là. Toutefois, un autre rêve, bien avant la naissance de leur école pour infirmières, va bientôt se réaliser: celui d'être maman et papa.

Avec un large sourire aux lèvres et des yeux pétillants, Lucille apprend à Piero qu'elle est enceinte.

— Viens ici que je t'embrasse mon amour, dit-il en explosant de joie. Il s'approche de Lucille et l'étreint.

— Prends-moi dans tes bras autant de fois que tu veux, Piero, mais étouffe-moi pas, s'exclame-t-elle en riant.

— Oh! Pardon! Mais je suis tellement content!

Plusieurs personnes autour de Lucille lui conseillent durant sa grossesse de diminuer le travail. En fait, ils ont essayé.

— Voyons donc! La grossesse, c'est pas une maladie.

Elle continue même de faire des safaris[1] avec Piero qui est passionné de ce genre d'expédition. Lucille, elle, est toujours aussi fascinée par la faune sauvage de l'Afrique. Les mois intensifs de travail ne sont nullement interrompus par la grossesse… jusqu'au jour tant attendu. Lucille doit accoucher à l'aide d'une obstétricienne d'origine anglaise qui travaille dans une clinique située à plus de 100 de kilomètres de Gulu. Mais le bébé n'attend pas et Lucille accouche à l'aide d'une sage-femme et de Piero avant même que l'obstétricienne arrive. Le 17 novembre 1962, un samedi soir, Lucille et Piero deviennent parents d'une petite fille nommée Dominique. Pour les Acholis, elle se nommera *Atim*, ce qui signifie « née loin de la maison », car Dominique a des parents qui viennent de pays lointains. Lucille, elle, sera nommée *Min Atim*, maman Atim.

Lucille veut communiquer sa joie à ses sœurs, qui demeurent à Montréal, et leur écrit une lettre.

---

1. Le terme « safari » désigne en swahili « long voyage ». Autrefois, un safari était l'occasion d'explorer de vastes territoires. Ensuite, les safaris visaient aussi la chasse au gros gibier d'Afrique. De nos jours, il s'agit plutôt d'activités touristiques pour prendre des photos et chasser les animaux sauvages. Piero, amateur de chasse, partait de temps en temps avec Lucille en safari dans les parcs ougandais.

Nous avons eu le bonheur d'avoir une fille. Dominique est née samedi soir. Dimanche, je me suis reposée, et lundi, j'étais de retour au travail.

Il va sans dire que l'énergie de Lucille est sans limites.

— Les femmes acholies, elles, retournent travailler au champ un jour après l'accouchement. Pourquoi cela devrait être différent pour moi?

Lucille semble s'intégrer de plus en plus à la vie des Acholis.

CHAPITRE 9

LA VIE DE FAMILLE, LE TRAVAIL À L'HÔPITAL ET LA GUERRE CIVILE

Peu de temps avant la naissance de Dominique, l'Ouganda devient le 9 octobre 1962 un pays indépendant : il n'est plus un protectorat de l'empire britannique. Les Ougandais, eux-mêmes, vont diriger le pays. C'est la joie dans tout le pays. À Kampala, la capitale, il y a une cérémonie à laquelle assistent des membres de la famille royale d'Angleterre. Pendant que l'Ouganda festoie, Lucille et Piero continuent de vaquer à leur œuvre humanitaire. Avec peu de moyens à leur portée, ils font quand même de véritables miracles pour les plus désœuvrés de l'Ouganda. En plus, ils ont des projets plein la tête : ouvrir une école d'infirmières, créer des programmes pour les former et en faire autant avec les médecins, les sages-femmes, les techniciens de laboratoire…

— Piero, on a passé beaucoup de temps à penser à la formation du personnel soignant à l'hôpital, mais il faut pas oublier tous ces gens qui vivent trop loin de l'hôpital. Si on veut vacciner le plus d'enfants possible, il faut aller vers eux et…

— Oui, je sais, j'y ai pensé. J'en ai parlé aux sœurs et elles sont prêtes à nous donner un coup de main pour ouvrir des cliniques en région éloignée.

— Bon, c'est un bon début. Elle prend une bouchée de son repas du midi avant de réenfiler son sarreau et de se rendre au bloc opératoire. Avant de quitter la salle à manger, Lucille donne un doux baiser sur le front de Piero.

Lucille aime sa vie et trouve gratifiant ce qu'elle fait pour les autres.

Pour des gens pratiquant notre profession, cet endroit est le plus valorisant dont nous aurions pu rêver. Nous pouvons faire tout ce que nous aimons, écrit-elle à ses sœurs.

Un travail qui lui apporte une grande satisfaction, un mari qui l'aime et qu'elle aime, une petite fille qu'elle adore. Que peut-elle demander de plus? Lucille est heureuse même si ses journées sont longues et épuisantes, ce qui ne l'empêche pas de passer du bon temps avec sa fille à qui elle apprend à parler et à lire en français. Cependant, la langue maternelle de Dominique est l'acholi. En effet, Dominique apprend cette langue en compagnie de sa nounou, qui se nomme Liberata, jusqu'à l'âge de quatre ans. D'ailleurs, Dominique, la petite blonde, grandit comme une vraie Africaine. Elle joue les mêmes jeux que les enfants acholis, mangent certains insectes qui sont remplis de protéines et va à la même école qu'eux. Toutefois, il y a certaines différences entre Dominique et les enfants acholis. Très jeune, elle parle non seulement l'acholi, le français et l'anglais, mais aussi l'italien que lui ont appris son père et des religieuses italiennes de l'hôpital. Elle est polyglotte contrairement aux jeunes acholis. Dominique prend conscience de ses privilèges.

— Moi, je voyage. Je connais l'Europe. Moi, j'ai des livres à la maison, pas mes amis acholis.

D'ailleurs, quand elle a commencé l'école, Dominique savait déjà lire; les enfants acholis, non. En plus, après l'école, les enfants, parfois âgés de cinq ou six ans, vont travailler aux champs avec leur mère ou cuisiner pour la famille, alors que Dominique accompagne sa mère à la clinique ou à la salle d'opération. Mais en aucun cas les jeunes acholis ne la traitent différemment. Après tout, ils sont tout simplement des enfants qui jouent ensemble peu importe la couleur de peau.

La famille Corti mène une vie tranquille et bien sûr fort occupée. Cependant, après les courtes années d'allégresse, l'Ouganda devient un pays de plus en plus troublé. Le gouvernement au pouvoir, dont le dirigeant se nomme Milton Obote, est renversé : son pouvoir de direction du pays lui a été enlevé par la force par un commandant de sa propre armée. Ce commandant, Idi Amin Dada, prend le pouvoir d'une manière violente le 25 janvier 1971. Le nouveau gouvernement ravage des villages, fait disparaître certaines personnes qui le dérangent. Au début, Lucille et Piero ne comprennent pas trop ce qui arrive. Ils constatent toutefois rapidement que la situation est dangereuse. À la radio, ils écoutent un communiqué spécial :

— T'as entendu ça Piero? C'est vraiment pire que je pensais. Où ça va-t-il nous mener?, s'inquiète Lucille qui à travers une fenêtre de leur humble salon regarde Dominique jouer avec ses amis.

Piero garde un moment le silence avant d'enchaîner.

— Bien..., nous, on est ici pour soigner les gens peu importe d'où ils viennent. Le nouveau gouvernement ne nous fera rien si on soigne ses gens à lui.

Lucille Teasdale

(1929-1996)

1929 — Naissance de Lucille Teasdale : 29 janvier.

1941 — Lucille entre au pensionnat catholique.

1950 — Lucille entre à la Faculté de médecine de l'Université de Montréal.

1955 — Lucille est diplômée en chirurgie de l'Université de Montréal. Formation à l'Hôpital Ste-Justine.

1959 — Ouverture du dispensaire St-Mary's Lacor.

1960 — Début de son internat en chirurgie pédiatrique à Marseille, France.

1961 — Mariage de Lucille et Piero Corti : 4 décembre.

1962 — Naissance de Dominique : 17 novembre.

1929 1941 1950 1955 1959 1960 1961 1962

- **1971** – Dominique est envoyée en Italie à cause de la guerre.
- **1973** – Ouverture de l'école pour infirmières de l'Hôpital St-Mary's Lacor.
- **1976** – Mort de la mère de Lucille.
- **1979** – L'hôpital ferme ses trois cliniques à cause de la guerre.
- **1982** – L'Hôpital St-Mary's Lacor est maintenant un hôpital universitaire.
- **1982** – Ordre du Mérite de la République italienne décerné par le Président de l'Italie.
- **1984** – Dominique entre à la Faculté de médecine de l'Université de Milan.
- **1985** – Le diagnostic tombe. Lucille est séropositive.
- **1986** – L'OMS remet le prix Sasakawa à Lucille et Piero.
- **1987** – Prix Frederick-Newton-Gisbonn-Starr de l'Association médicale canadienne.
- **1988** – Mort du père de Lucille.
- **1989** – L'Hôpital St-Mary's Lacor ferme six semaines à cause de la guerre.
- **1991** – Lucille est nommée officier de l'Ordre du Canada.
- **1991** – Ouverture de la première clinique sur le sida en Afrique subsaharienne (en Ouganda).
- **1993** – Dominique épouse un chirurgien italien.
- **1995** – L'Hôpital St-Mary's Lacor reçoit le prix Antonio-Feltrinelli de l'Académie des Lynx en Italie.
- **1995** – Création de la Fondation Teasdale-Corti.
- **1995** – Prix de l'Ordre national du Québec.
- **1996** – Décès de Lucille, 1er août.

— On soigne tout le monde, Piero, même ceux qui sont peut-être contre le nouveau gouvernement.

Les jours se suivent et la situation du pays ne fait que se détériorer. De plus, l'Hôpital St-Mary's Lacor reçoit de plus en plus de blessés de guerre. Tout cela devient trop dangereux pour Dominique qui est maintenant âgée de neuf ans. Voulant la protéger de la violence qui sévit, Piero suggère de l'envoyer chez sa sœur Pina et son mari Galeazzo qui ont eux-mêmes sept enfants.

— Lucille, notre fille doit être en sureté et, là-bas, elle recevra une meilleure éducation que dans une école d'ici. En plus, elle sera entourée de ses cousines et cousins.

Lucille tente vainement de retenir ses larmes. Elle ne veut rien dire, car cette dure réalité lui fait mal.

— Je sais Lucille, la réconforte Piero en l'étreignant longuement, je sais…

CHAPITRE 10

LE TRAVAIL COMME SALUT FACE À LA GUERRE

Se séparer de sa fille? Lucille sait qu'elle n'a pas le choix, mais c'est une décision extrêmement difficile pour elle.

— Et si Dominique pense que je ne l'aime pas? rumine Lucille qui s'était toujours sentie elle-même rejetée par sa mère.

Lucille ne veut surtout pas que Dominique pense qu'elle est mal-aimée. Elle lui explique donc que ses parents ont deux enfants : une fille forte et en santé, et un fils faible et malade. Le fils faible, c'est l'hôpital et il a besoin d'aide. À l'aéroport, les étreintes sont longues et remplies d'émotion.

De retour à l'hôpital, Lucille regarde la longue file d'attente. Il y a tellement de patients! Ils ont tant besoin de Lucille et Piero! Décidément, l'hôpital doit rester ouvert. Lucille met son stéthoscope autour du cou, jette un regard rapide sur la clinique externe et respire profondément.

— Bon, je crois que la journée va être longue.

Et elle se jette dans le travail, histoire de panser sa plaie de sa séparation avec Dominique. Et Lucille opère et opère. C'est à cette époque d'ailleurs qu'elle devient une chirurgienne de guerre puisque la grande majorité des patients sont des blessés par balles. Le travail ne l'empêche pourtant pas de penser tout le temps à sa fille adorée. Par contre, elle ne pense pas à sa propre sécurité; tout ce qui lui importe est de venir en aide à ces pauvres gens. Alors que des combats sévissent un peu partout en Ouganda, Lucille, de son côté, se bat contre la violence.

Le 11 avril 1979, Idi Amin Dada s'enfuit de l'Ouganda en **Arabie Saoudite**. D'autres dirigeants assoiffés de pouvoir mais non d'humanité prennent tour à tour le pouvoir. Le pays est dans un véritable chaos; plus rien ne fonctionne. La distribution de l'eau est déficiente, le téléphone et la poste ne fonctionnent plus, il n'y a plus rien à manger dans les rares restaurants qui restent ouverts. Tout le monde s'enferme chez soi dès 19 h. Il y a des barrages un peu partout, et des personnes, armes à la main, s'improvisent soldats. Gulu est coupé du reste du monde. Le seul contact que Lucille et Piero ont avec le monde extérieur est la radio, plus

Arabie saoudite – Le 11 avril 1979, Idi Amin Dada est forcé de fuir Kampala. Il s'arrête en Lybie et puis se rend en Arabie saoudite qui lui fournit une modeste maison et une pension. En échange, Idi Amin Dada ne doit plus se mêler de politique. S'il revient en Ouganda, il devra être jugé pour ses crimes. Il reste en Arabie saoudite jusqu'à la fin de sa vie à l'âge présumé de 75 ou 79 ans.

précisément la **BBC**. C'est ainsi qu'ils apprennent le renversement d'Idi Amin Dada. Plusieurs membres du personnel médical sont restés et d'autres, craignant à raison pour leur vie, sont partis. Lucille décrit dans une lettre la situation à des amis. Presque chaque soir, il y a des cris et des coups de feu. Gulu est une ville fantôme.

> *Nous n'avons pas été trop malchanceux dans le pillage. Notre hôpital n'a perdu qu'un camion, trois ambulances, une voiture, des médicaments et du matériel chirurgical. Et maintenant, qu'allons-nous faire? Pour le moment. Nous n'avons pas le choix. Nous sommes les seuls médecins à Gulu.*

En fait, l'Hôpital St. Mary's Lacor est le seul toujours ouvert en Ouganda.

BBC – La **B**ritish **B**roadcasting **C**orporation (BBC), fondée en 1922, est une compagnie de production d'émissions de radio et de télévision de l'Angleterre. En raison, entre autres, du grand nombre de téléspectateurs, elle est la plus importante société de diffusion au monde.

Peu de temps après le renversement d'Idi Amin Dada, des soldats arrivent à l'hôpital et exigent de l'essence pour leur véhicule. Piero, qui ne réalise pas toujours la gravité de la situation, tente de discuter avec l'un d'eux mais cela tourne mal. Le soldat se met à proférer des menaces et à tirer des coups de feu vers Piero qui heureusement a pu se protéger derrière la porte d'entrée de métal de l'hôpital. Et arrive soudainement une femme acholie qui en colère s'écrie :

— Ne tue pas mon docteur! Ne tue pas mon docteur!

Le soldat baisse son arme. La femme qui le regarde toujours dans les yeux est sa mère. Lucille, témoin de la scène, a vraiment eu peur de perdre Piero. D'un autre côté, elle pense à Dominique qui est saine et sauve en Italie. Mais les quelques mois qu'aurait dû durer leur séparation se prolonge. Un jour, Dominique écrit à ses parents une lettre déchirante dans laquelle elle a inclus une ballade nostalgique qu'elle a adaptée à sa situation :

J'ai le mal de Gulu
De ses rues, ses boulevards;
De son air beau et gai,
De ses jours, de ses soirs;
Et l'odeur d'la guanda (« manioc » en acholi)
Me revient aussitôt
Que je quitte mon Gulu
Pour des pays moins beaux.

Un autre passage de la lettre brise le cœur de Lucille.

MAMAN! Je ne sais pas comment te le dire plus clairement : je ne veux plus rester ici! Si je dois rester une année de plus, je bouderai pendant un an. Chaque matin je me lève en me demandant pourquoi ce n'est pas ma mère à moi qui me réveille avec un bisou.

Pour Lucille et Piero, la situation ne peut plus durer. S'ils avaient à choisir, ils choisiraient leur fille. D'autres médecins pourraient prendre soin de l'hôpital, de leur fils faible. Un dimanche, ils appellent Dominique pour lui faire part qu'ils quitteraient leur hôpital pour vivre en Italie avec elle.

— Mais il n'en est pas question! rétorque avec vivacité Dominique.

Dominique veut retourner vivre en Afrique. Suite à sa suggestion et avec le consentement de ses parents, Dominique va étudier dans un collège privé du Kenya, tout juste à l'est de l'Ouganda. Lucille a donc la chance de revoir Dominique à quelques reprises au Kenya. Les liens de Lucille avec le continent africain sont alors plus fortement tissés même si cela ne la console pas d'être séparée de sa chère fille. Malgré cela, Lucille continue sans lâcher prise. À côté des blessés de guerre, il y a les patients habituels en plus des internes à qui elle enseigne la médecine. Elle laisse place par contre à bien des questionnements quand elle écrit à ses sœurs et amis.

> *Qu'allons-nous faire? Comment continuer à vivre et à travailler dans de telles conditions? J'ai tellement l'impression de faire partie de leur vie, mais comment pouvons-nous continuer à les aider?*

Et la situation ne change guère quand Milton Obote, qui a été renversé en 1971, revient au pouvoir en 1980 après des élections truquées. La population est toujours en danger. De plus, des groupes rebelles au nouveau gouvernement attaquent ici et là. À l'hôpital, il y a toujours beaucoup d'opérations et Lucille est la seule chirurgienne à part deux jeunes médecins qui peuvent pratiquer des césariennes. Vers la fin de l'année, la situation semble plus calme, mais Piero et Lucille ne veulent pas risquer de faire revenir Dominique en Ouganda : le calme, à défaut de paix, est fragile depuis plusieurs années dans le pays.

CHAPITRE 11

UNE MALADIE MYSTÉRIEUSE FRAPPE

Grâce aux bons soins de Lucille et Piero, et à leur ténacité et courage, la renommée de l'Hôpital St-Mary's Lacor s'agrandit malgré les obstacles : la guerre civile, le manque de matériel, la sécheresse qui cause une pénurie d'eau, le manque de personnel, les malades et blessés qui abondent… De plus, Piero doit souvent s'absenter pour partir à la recherche de matériel de toutes sortes, des médicaments au papier de toilette, et même des briques. Cependant, Lucille a parfois des moments de découragement et pense parfois à faire ses valises :

— Piero, grâce à nos campagnes de vaccination, on a pratiquement éliminé la rougeole. Mais à cause de la guérilla, y'a pu de vaccination. Et maintenant, on nous ramène encore des enfants atteints de la rougeole. Et des fois, c'est trop tard, dit-elle avant de garder le silence un moment et de reprendre. Et là, j'ai l'impression des fois qu'on a construit quelque chose sur du sable mouvant.

Et Piero, optimiste comme cent, la regarde avec un sourire tendre.

— Voyons, Lucille, y'a pas eu de tremblement de terre qui a fait crouler l'hôpital.

Il lui prend doucement la main et elle se sent rassurée.

Lucille et Piero continuent de travailler de 7 h à 23 h. Sauver des vies était tout ce qui comptait pour eux.

— Piero, penses-tu des fois qu'il pourrait nous arriver quelque chose? Penses-tu à ce qui pourrait arriver à Dominique?

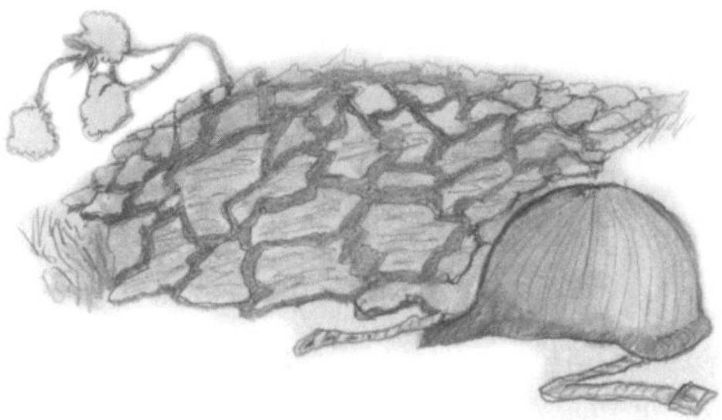

— Oui, j'y pense, mais si on pense trop au danger causé par la guerre, on risque de ne plus pouvoir aider les malades et les blessés efficacement.

Et être efficace, pense Lucille, exige aussi la capacité d'offrir les meilleurs soins et les plus variés pour pouvoir soigner toutes les différentes maladies. C'est pourquoi Piero de son côté sollicite l'aide des gouvernements italien et canadien, des ONG et de bien d'autres. De nouveaux bâtiments sont construits pour accueillir non seulement les malades, mais aussi les réfugiés de guerre. Un autre bâtiment est construit pour les enfants; une salle de gynécologie et d'obstétrique suivent. Piero réussit à recueillir assez d'argent afin d'acheter des appareils médicaux pour détecter le cancer. Et pour Lucille, il fait construire deux nouvelles salles de chirurgie. L'hôpital compte maintenant plus de 200 lits.

Tous ces nouveaux développements donnent beaucoup d'énergie à Lucille qui d'ailleurs n'en manque pas. Une bonne nouvelle arrive de Dominique maintenant âgée de plus de 20 ans. Après avoir complété sa scolarité au Kenya, elle étudie en Italie. En visite chez son père et sa mère, elle annonce d'un trait :

— Tu sais quoi, maman? Je veux m'inscrire en médecine.

Assise sur la véranda en train de boire un jus d'orange, Lucille manque de s'étouffer. Elle ouvre grand les yeux et reste bouche bée un instant avant d'éclater de joie.

— Noooon. Oui? Tu vas étudier en médecine? Ma fille va devenir médecin? Ben, j'en reviens pas! Et elle tend à sa fille ses deux bras pour l'embrasser comme lorsqu'elle était enfant, comme pour rattraper toutes ces années passées loin d'elle.

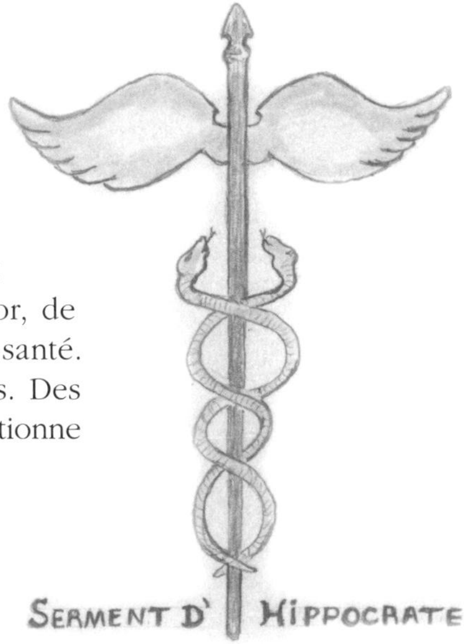

Le séjour de Dominique a été agréable pour toute la famille, mais le train-train quotidien et si intense reprend. Lucille est habituée, après plus de vingt ans à l'hôpital St-Mary's Lacor, de diagnostiquer plein de maladies et d'autres troubles de santé. Toutefois, Lucille comme Piero font face à de nouveaux cas. Des malades arrivent à l'hôpital très affaiblis et amaigris. Lucille questionne un interne sur le cas d'un patient.

— Lui avez-vous donné des antibiotiques comme je vous ai demandé ?

— Oui, cela fait cinq jours qu'il est sous traitement.

— C'est bizarre, j'ai traité d'autres patients pour les mêmes symptômes, mais ils ne guérissent pas non plus.

Piero qui n'est pas très loin donne son point de vue qui est davantage un questionnement qu'un diagnostic clair et précis :

— Est-ce que ce serait la maladie mystérieuse que l'on nomme la « slim disease », la « maladie de la minceur »?

Que faire alors? En effet, les personnes qui en souffrent perdent beaucoup de poids. En 1983, le pronostic tombe : il s'agit du **sida**. Et malheureusement, l'Ouganda est l'un des endroits où l'épidémie est la plus grande.

Par conséquent, le nombre de patients augmente à l'hôpital. Lucille voit alors beaucoup plus de patients et fait beaucoup plus de chirurgies que d'habitude. Elle est même déjà restée dans le bloc opératoire jusqu'aux petites heures du matin. L'énergie de Lucille semble inépuisable.

Sida – Le Sida est l'acronyme de **s**yndrome d'**i**mmuno**d**éfience **a**cquise. Le sida détruit le système immunitaire qui nous permet de combattre les infections et les maladies. Un système immunitaire en santé peut combattre les germes qui autrement nous rendraient très malade. Quand le système immunitaire est faible, les maladies opportunistes peuvent mener à la mort. Ces maladies ont des conséquences minimes pour un système immunitaire fort. Mais si le système immunitaire est faible, les germes des maladies opportunistes en profitent pour se multiplier. Par exemple, il y a la tuberculose, qui attaque les poumons, ou le sarcome de Kaposi, un type de cancer qui se manifeste par des lésions violacées entre autres sur la peau et dans les poumons.

CHAPITRE 12

LE PRONOSTIC TOMBE ET LE COURAGE PERDURE

La vie suit son cours avec la guerre qui se poursuit tout autour. Lucille est parfois fatiguée de cette situation de violence.

> *J'en ai la nausée de cette situation. Mais pour moi, il n'y a pas de solution. Je ne pourrais pas rester à rien faire, sans travailler, mais je ne pourrais pas non plus recommencer ailleurs,* décrit-elle dans une lettre adressée à sa sœur Lise.

Lucille continue de former de jeunes étudiants en médecine de l'Université de Makerere de Kampala. L'un des internes est Matthew Lukwiya qui a le don avec les enfants et qui est dévoué. Il est aussi un homme simple et intelligent. Il deviendra un aide très précieux pour Lucille et Piero. De son côté, Matthew perçoit Lucille comme une véritable fontaine de connaissances. Il apprend beaucoup avec elle de qui elle exige d'ailleurs, comme de tous les médecins, d'être non seulement bon mais exceptionnel. Matthew est en quelque sorte le fils que Lucille et Piero auraient voulu avoir. Un jour, il annonce qu'il veut rester pour de bon à l'hôpital comme médecin. Lucille d'un air coquin lui dit :

— Tu sais, Matthew, tu devras travailler chaque jour avec Piero et tu ne le sais peut-être pas encore, mais il a son p'tit caractère.

Piero, feignant d'être surpris, lève un peu la tête vers Lucille tout en s'adressant à Matthew.

— Lucille... Puis et il s'interrompt quelques secondes, s'approche de Matthew, en mettant sa main gauche sur le côté de sa bouche comme pour éviter que Lucille entende, mais avec un ton qui laisse supposer le contraire.

— C'est juste entre toi et moi Matthew : Lucille est pas facile, pas facile du tout. Quand ça fait pas son affaire, crois-moi qu'elle le fait savoir.

Lucille, sourire aux lèvres, fait un mouvement de la main vers Piero comme pour dire « cesse de dire des bêtises ». Matthew, quelque peu intimidé par cette connivence entre les époux, se retient de rire :

— Je suis prêt à tout affronter même vos caractères.

Lucille s'élance vers lui, et Piero et elle lui font une chaleureuse accolade. Comme il est bon de pouvoir compter sur quelqu'un qui partage la même vision humanitaire : le patient d'abord.

L'aide de Matthew arrive en quelque sorte à point. En effet, ces derniers temps, Lucille n'a plus l'énergie d'autrefois et se repose donc plus souvent. De plus, elle mange moins et perd du poids.

— Bah! Je suppose que c'est l'âge, donne-t-elle comme raison, elle qui a maintenant 56 ans.

Piero aussi a des ennuis de santé : son cœur lui a déjà fait faux bond. De plus, le père de Lucille est malade. Tous deux décident alors d'aller se reposer un peu à Montréal pour y voir le père de Lucille et sa famille. Ils vont d'abord à Milan, en Italie, pour y prendre Dominique. Lucille va s'arrêter à un hôpital milanais pour y passer des tests médicaux. Sans attendre les résultats qui lui parviendront d'ailleurs à Montréal, Lucille et les deux amours de sa vie, le troisième étant l'hôpital, s'envolent pour Montréal. Ce voyage lui fait beaucoup de bien. Son père, ses sœurs, des neveux et des nièces sont tous venus les voir au chalet de la famille. Avec Dominique à ses côtés, sa famille qui l'entoure d'attention, Lucille sent un regain d'énergie.

Ils sont tous assis sur la terrasse. Et puis, le téléphone sonne. Lise, la sœur de Lucille, entre dans la maison et répond. Elle fait signe à Piero d'entrer puis lui tend le téléphone. Au bout du fil, une personne de l'Italie. C'est l'hôpital qui a les résultats des tests médicaux. Lucille est séropositive, c'est-à-dire qu'elle a le sida.

— Bon, au moins, je sais à quoi m'en tenir, dit-elle sans toutefois s'avouer vaincue.

Monique, une de ses sœurs, qui s'inquiète pour Lucille, l'interroge :

— Mais comment as-tu pu attraper cette terrible maladie?

Lucille penche la tête d'un côté et de l'autre puis hausse les épaules :

— J'suppose que c'est en faisant des opérations sur des blessés de guerre. Souvent, je devais extraire du corps des blessés de petits morceaux d'os, et je devais faire vite, car un autre blessé attendait. C'est peut-être en me coupant avec les petits os pointus que j'ai contracté la maladie.

La fin de son séjour arrive. Lucille, courageuse, décide quand même de retourner en Ouganda. Sur le chemin du retour, elle s'arrête à Londres pour y rencontrer un immunologue, un médecin spécialiste du système immunitaire. Comme Lucille et Piero sont des médecins, l'immunologue préfère être franc et direct. Il annonce directement à Lucille :

— Y'a très peu de chances que vous soyez en vie dans deux ans.

Dans deux ans, c'est-à-dire en 1987, Lucille n'aura que 58 ans. Lucille, la tenace, fera toutefois en sorte de contredire tous les pronostics.

Pendant ce temps-là, en Ouganda, la situation reste toujours dangereuse. Et les médicaments se font de plus en plus rares. Piero, à la vue d'un camion qui entre lentement sur le terrain de l'hôpital, accourt vers le véhicule.

— Enfin, les médicaments!

Il se tourne et cherche de l'aide. Tous près, deux charpentiers sont à l'œuvre.

— Venez m'aider à descendre les médicaments du camion.

Le conducteur du camion les rejoint et leur donne un coup de main. Piero voit Lucille qui sort de la clinique externe et ne peut s'empêcher de s'écrier comme un jeune enfant qui viendrait de recevoir un cadeau-surprise :

— Lucille! Lucille! On a reçu les médicaments de la Croix-Rouge, s'écrit-il.

Recevoir ces médicaments est une véritable bénédiction en ces temps où l'hôpital manque de tout. D'ailleurs, les coupures d'électricité sont fréquentes et durent plus longtemps. Lucille ne peut opérer qu'à l'aide d'une génératrice. La violence sévit autour de l'hôpital. Le seul moyen sécuritaire pour circuler est l'avion. Les routes terrestres sont trop risquées. D'ailleurs, le nombre de nouveaux patients à l'hôpital diminue. La population a peur de voyager. Lucille ne voit donc en moyenne que 40 patients par jour.

S'étant réfugiée dans sa chambre, Lucille se sent découragée; l'oisiveté ne lui convient pas. Elle qui est si habituée à se dévouer constamment aux autres. Elle se sent inutile quand elle reste sans rien faire. Piero vient la rejoindre et la regarde comme toujours avec émerveillement. Il lui fait remarquer combien elle est importante pour l'hôpital.

— Ma chère Lucille, dis-moi, combien de vies as-tu sauvée? Combien de personnes vivent grâce à toi? Et moi, je t'aime.

Piero a toujours su comment la réconforter. Oui, Piero a raison : il faut continuer malgré la guerre, malgré la maladie.

CHAPITRE 13

L'AMOUR, LA RECONNAISSANCE ET LE COMBAT

L'œuvre de Lucille et de Piero traverse maintenant les frontières. Déjà l'Italie a reconnu le travail de Lucille et Piero et les a honorés. Par exemple, Lucille et Piero reçoivent en 1981 l'Ordre du Mérite de la République italienne. Le prix leur est directement décerné par le Président de l'Italie même. D'autres organismes internationaux commencent de leur côté à reconnaître, après plus de 25 années de dévouement, le travail magnifique de Lucille et Piero. L'Organisation mondiale de la santé (OMS) leur décerne le prix **Sasakawa** en 1986 et les invite à Genève en Suisse. Grâce à des bénévoles, des sages-femmes qu'ils ont formés, ils ont combattu la malnutrition; grâce à leur

Sasakawa – Le prix Sasakawa est un prix prestigieux. Né en 1899, Ryoichi Sasakawa était le président de la *Japan Shipbuilding Industry Foundation*. Il était un homme d'affaires, un politicien et un philanthrope, c'est-à-dire qu'il aidait à améliorer les conditions de vie des gens. Depuis 1950, Sasakawa a donné des milliards de dollars pour différentes causes, comme l'éradication de la variole. Personnage controversé, il a été emprisonné au Japon pour crimes de guerre durant la Seconde Guerre mondiale et ensuite libéré par les Américains. Il a été président de la Fondation Sasakawa pendant une trentaine d'années avant de s'éteindre en 1995.

campagne de vaccination, ils ont presque enrayé des maladies infectieuses comme la rougeole. Piero dit que l'hôpital, c'est Lucille. Sans elle, aurait-il continué sa mission en Ouganda? C'est une récompense méritée et qui arrive à point pour remonter le moral, mais aussi pour l'argent reçu qui servira aux bons soins de l'hôpital. Un an plus tard, elle reçoit d'autres honneurs, cette fois-ci de l'Association médicale du Québec et de l'Association médicale canadienne qui lui a décerné la plus haute distinction, soit d'avoir rendu des « services à l'humanité » dans un contexte qui exige beaucoup de courage et de dévouement.

Mais avec le sida qui se répand comme une traînée de poudre en Ouganda, Lucille revient vite sur terre et reprend son travail. Maintenant, ce ne sont pas seulement les hommes et les femmes dont il faut prendre soin, mais aussi des bébés.

— Ces pauvres enfants! Les voilà orphelins. Qu'est-ce qu'on peut faire pour les aider? On ne peut quand même pas les abandonner. Elle regarde un petit poupon que tient une infirmière, lui caresse de son index la paume de sa minuscule main droite qui se referme doucement sur le doigt de Lucille.

— On va prendre soin de toi, mon petit, lui murmure-t-elle.

Lucille et Piero feront bâtir sur place un orphelinat pour ces tout-petits dont certains sont séropositifs : ils ont le sida. Lucille, cependant, s'épuise de plus en plus, mais en même temps, c'est par le travail qu'elle combat sa maladie. Piero, qui la connaît sous toutes ses coutures, sait bien qu'il ne peut lui demander d'arrêter tout court, même si ces derniers temps elle fait moins de chirurgie.

— J'ai pas envie de passer le reste de mes jours à me balancer dans une chaise berçante. J'suis toujours capable d'avoir une vie active. J'vois pas pourquoi j'abandonnerais tout parce que j'ai le sida, affirme-t-elle. Et pis, ça fait partie des risques du métier. Après tout, les journalistes, eux aussi, risquent leur vie pour faire connaître la vérité.

Derrière cette affirmation si tranchée se cache une force vive, celle de l'amour des uns et des autres. Elle, la petite fille, qui se sentait rejetée et peu sûre d'elle-même. Elle qui va se reconstruire petit à petit en se dévouant à l'autre, en se sentant utile. Lucille, presque âgée de 60 ans, sent en elle tout l'amour qu'on lui donne. Elle est appréciée et aimée tant par le personnel de l'hôpital que par les patients et leur famille, elle est aimée de la famille de Piero et de sa propre famille, elle est aimée de son mari et de sa fille adorée. Sa force vive, c'est les autres, et Lucille leur en donne en retour et même plus.

Cette force vive, Lucille désirerait tellement qu'elle traverse les murs de l'hôpital et se répande dans tout l'Ouganda toujours atrocement mutilé par la violence. Le danger est si grand qu'un jour Piero décide de fermer l'hôpital. Le 10 avril 1989, il distribue un tract dans la ville de Gulu où on peut lire :

> *L'hôpital ne rouvrira ses portes que lorsque la sécurité des patients et du personnel sera assurée. [...] En raison de la guerre, des milliers et des milliers d'enfants meurent de rougeole, de malnutrition, et par manque de soins médicaux.*

La paix dans ce cas-ci est le meilleur des remèdes. Lucille, Piero et le personnel de l'hôpital vivent cloîtrés : ils ne sortent pas de l'hôpital. Mais la population de Gulu ne tarde pas à réagir. Comment? L'hôpital ferme? Notre hôpital? Il faut faire quelque chose. Des femmes accompagnées de plein d'enfants manifestent à travers les rues de Gulu et puis se donnent rendez-vous devant l'hôtel de ville. Notre cher hôpital doit rester ouvert! C'est de notre santé et de celle de nos familles dont il est question! Un tel rassemblement est vraiment rare à Gulu. Les infirmières de l'hôpital, peu de temps auparavant, ont aussi manifesté pancartes à la main, en silence et dignement. Cet élan de solidarité permet de rouvrir l'hôpital six semaines plus tard. En effet, une milice de 30 hommes a été envoyée pour assurer la sécurité de l'hôpital. Le travail reprend alors son rythme habituel, ce qui soulage Lucille.

Le travail quotidien et assidu de Lucille et Piero est marqué un jour par une invitation à une conférence au Japon par la fondation Sasakawa.

— Piero, cette conférence arrive au bon moment. On pourrait s'offrir un petit voyage en famille. Je serais tellement contente de passer du temps avec Dominique et toi, de passer du temps juste nous trois, ensemble.

— Ma chère Lucille, j'crois comme toi qu'on en a besoin.

Ils s'envolent alors vers le pays du soleil levant avec Dominique au mois de mai 1989. Durant leur absence, leur fils faible, c'est-à-dire l'hôpital, est entre bonnes main, celles de Matthew Lukwiya. Au Japon, ils en profitent pour faire du tourisme en famille tout en se reposant de ces dernières années agitées en Ouganda.

CHAPITRE 14

LE RETOUR CHEZ SOI ET L'APPEL DU RESTE DU MONDE

À son retour du Japon, une surprise attend Lucille : un nouveau bloc opératoire complètement neuf. Folle de joie, elle regarde Piero bouche bée. Bien sûr, fidèle à sa routine, dès l'après-midi, elle y fait une opération. Le répit au Japon, avec Dominique à ses côté, lui a donné de l'énergie malgré sa maladie. De plus, une relative paix s'installe en Ouganda. On recommence à reconstruire les routes et l'électricité revient après plusieurs années de coupure de courant.

— Piero, le voyage au Japon m'a vraiment fait du bien. J'espère juste qu'ici la folie des combats ne va pas reprendre. Je suis tellement fatiguée de tout cela.

Le souhait de Lucille est quelque peu exaucé. Le calme fragile qui règne en Ouganda permet à la population qui craint moins de voyager sur les routes de se rendre à nouveau à pied, en train ou en auto à l'hôpital. Le petit dispensaire de 40 lits en 1961 a maintenant dans les années 90 plus de 450 lits.

Lucille continue de travailler 10 heures par jour même si sa maladie lui impose des moments de repos lors d'extrême fatigue. Elle a en revanche une volonté de fer. Et Lucille veut montrer que la vie peut être enrichissante malgré cette terrible maladie.

— Ça fait dix ans que je continue de travailler malgré le sida. Alors, faut pas en faire un drame, affirme-t-elle lors d'une interview.

Des interviews, Lucille en fait plusieurs; le monde extérieur s'ouvre à elle. De plus, la paix fragile en Ouganda permet quand même aux journalistes de se rendre à l'Hôpital St-Mary's Lacor. Suite aux honneurs reçus par l'Association médicale canadienne, une journaliste canadienne d'Ottawa se rend auprès de Lucille pour l'interviewer. C'est la première journaliste canadienne à s'y rendre. Lucille accepte les interviews dans la mesure où cela peut aider l'hôpital. Un autre journaliste, cette fois-ci du Québec, va passer trois semaines à ses côtés afin d'y réaliser un reportage pour la Société Radio-Canada (SRC), la Canadian Broadcasting Corporation (CBC) et Radio-Québec, devenu Télé-Québec. Femme humble, elle ne voit pas pourquoi on désire l'interviewer, encore moins faire un film sur elle. En effet, une productrice canadienne, suite à l'écoute du reportage à la SRC, décide de produire un film sur Lucille.

— Pourquoi moi? Moi, j'suis une femme d'ombre. J'suis derrière mon masque de chirurgienne. J'vois pas pourquoi on ferait un film sur moi.

Lucille se ravise en pensant à l'hôpital.

— Ce film peut servir notre cause.

Et plusieurs organisations continuent à honorer le travail de Lucille et Piero. Par exemple, ils reçoivent les honneurs de l'**Académie nationale des lynx** en Italie, du Centre international pour la cause africaine à Montréal et une lettre du secrétaire général des Nations Unies de l'époque Boutros Boutros-Ghali.

> *Votre courage de lutter contre ce virus mortel* [le sida] *et de dire publiquement comment il vous affecte, vous et des millions d'Africains, est un exemple et une source d'inspiration pour nous tous.* [...]. *Je suis persuadé que les générations futures* [...] *profiteront de vos efforts et de votre exemple.*

Lucille accueille chaleureusement les honneurs reçus et les lettres de personnes importantes. Toutefois, Lucille, toujours humble, est surtout très émue quand elle reçoit des lettres d'élèves d'une école primaire du quartier de son enfance. Des mots comme ceux-ci la touchent :

> *Je suis vraiment triste que tu sois malade parce que tu as sauvé la vie à beaucoup de monde. Moi, je te soigne avec mon cœur. Alors, vis!*

> *Plus tard, je voudrais être pédiatre, et quand j'aurai de l'expérience, j'irai sûrement dans un pays pauvre soigner des enfants malades.*

Lucille, outre de la part des patients, du personnel de l'hôpital, de la famille élargie, reçoit aussi de l'amour et de l'admiration à travers le monde. Les frontières du cœur de personnes de tous âges s'ouvrent à Lucille.

Académie nationale des lynx – L'Académie nationale des lynx est une société scientifique créée en 1603 en Italie. Le lynx a été choisi parce que cet animal a une très bonne vision, ce qui symbolise en soi l'une des caractéristiques essentielles à tout bon scientifique qui doit bien observer ses objets d'études. C'est en 1995 que Lucille et Piero reçoivent de l'Académie le prix Feltrinilli pour leur « initiative exceptionnelle de grande valeur morale et humanitaire ».

CHAPITRE 15

PRÈS DE SON HÔPITAL POUR TOUJOURS

Lucille reçoit beaucoup de soutien de part et d'autre. Dans plusieurs interviews, elle transmet le même message d'espoir. Ainsi, lors d'une conférence internationale sur le sida à Montréal, Lucille dit :

— Je suis ici pour témoigner qu'on peut survivre à la maladie pendant de longues années, profiter de la vie et jouir de la vie, et avoir encore une vie productive et normale.

La maladie l'oblige par contre à faire des séjours à Londres et à Milan pour se faire soigner. De retour d'un séjour en Italie, patients et personnel de l'hôpital lui ont organisé une cérémonie de bienvenue. Debout en ligne, les Acholis sourient et chantent pour Lucille qui marche avec difficulté. Ils entonnent en chœur « *Safari tie* » qui en acholi signifie « Bienvenue à la maison ». Puis, une vieille femme s'approche d'elle calmement, lui prend doucement les deux mains et lui exprime sa profonde gratitude.

— Merci d'être revenue parmi nous.

Lucille sourit avec un regard bienveillant. Elle va s'asseoir et une dame effleure le corps de Lucille à l'aide de rameaux d'un arbre sacré afin de lui porter chance. Vivant plus de neuf ans avec le sida, Lucille en a besoin.

Elle continue toujours de travailler plusieurs heures par jour, mais elle ne fait à peu près plus d'opérations. Être debout de longues heures, c'est trop lui demander, elle qui se fatigue plus rapidement qu'auparavant. Elle a toutefois une grande volonté de vivre. Une volonté de vivre pour son hôpital et sa famille. D'ailleurs, Lucille et Piero n'ont-ils pas réalisé leur rêve? Faire de l'hôpital un des plus importants de l'Afrique de l'Est? N'ont-ils pas atteint leurs objectifs? L'hôpital compte maintenant plus de 450 lits et possède les meilleurs équipements médicaux de la région. De plus, l'hôpital soigne plus de 150 000 patients par année. Enfin, la majorité des gens qui y travaillent, du médecin à l'électricien, sont africains.

— Piero, qu'est-ce qui va se passer avec l'hôpital quand on sera plus là pour s'en occuper? Il faut que notre hôpital continue à aider les plus démunis.

— Je sais, on est pas éternel. Mais l'hôpital doit pouvoir continuer à « vivre » sans nous et pour longtemps.

Eh bien, Lucille et Piero ne sont pas à court d'idées et de volonté.

— On devrait avoir une fondation, propose Lucile.

— Oui, une à Montréal et une autre à Milan, ajoute Piero.

Lucille se lève de sa chaise avant de conclure cette brève conversation :

— Eh bien, il faut se mettre au travail le plus rapidement possible.

Elle se dirige ensuite vers une chambre de patients.

C'est ainsi qu'en 1995, ils créent la fondation *Teasdale-Corti*. Et même si Lucille se sent mal, elle s'active ardemment pendant des mois pour collecter de l'argent pour l'hôpital. Piero, quant à lui, voyage en Europe et en Amérique du Nord pour en faire autant. Tous les deux ne sont pourtant pas éternels, mais ils voudraient bien du fond de leur cœur que leur hôpital le soit. Lucille ne prendra jamais sa retraite, elle s'ennuierait bien trop. Son désir d'être utile est plus fort que le fait de couler des jours calmes dans une chaise berçante. Comme elle l'a dit dans un reportage, la « force morale » l'a aidée.

— Si tu as une force morale, tu sais que tu peux faire face aux situations jour après jour. Mais il arrive aussi un moment où tu n'en peux vraiment plus, où tu sens que tu dois faire des bagages et tout quitter. Mais nous devons aussi penser que si nous quittons tout, eh bien tout peut s'effondrer.

Et, bien sûr, elle pensait à l'hôpital, aux hommes, aux femmes et enfants qui avaient tellement besoin de soins, de support, de compréhension.

Au cours de sa vie, elle a fait plus de 13 000 opérations majeures, sans compter les petites chirurgies. Elle a soigné aussi quatre générations d'Africains. Le 16 mars 1996, Lucille opère pour la dernière fois. La maladie prend le dessus sur son corps affaibli, mais jamais sur son cœur et son esprit. Elle continue quelques heures par jour à prodiguer soins et attention aux patients.

Lucille passe ses derniers jours à Besana, en Italie, où sa sœur Lise, qui vit à Montréal, vient la rejoindre pour prendre soin d'elle.

— Veux-tu que je remonte ton oreiller?

— Oui, merci.

Soudain, Lucille a une quinte de toux. Lise va lui chercher de l'eau fraîche. Lucille en boit une gorgée suivie d'un sourire pour sa sœur. Lucille regarde par la fenêtre de sa chambre d'hôpital.

— Le ciel est bleu, bleu, bleu, aujourd'hui, soupire-t-elle avant de reprendre. Il va faire chaud.

Elle ferme les yeux pour mieux sentir la fraîcheur matinale qui fera bientôt place à la chaleur du soleil de midi. Lise, à ses côtés, l'observe en silence.

Dans la ville de Piero, plus de 300 cents personnes viennent lui dire un dernier « au revoir », elle qui dort maintenant pour toujours depuis le 1er août 1996. Malgré ses courts séjours à Besana, elle y était connue et appréciée. Puis, Lucille s'envole paisiblement jusque chez elle, à Gulu où des milliers de personnes, hommes, femmes, enfants viennent la saluer une dernière fois. Les femmes prennent leurs enfants dans les bras et leur disent :

— Regarde, voici le médecin qui t'a sauvé de la mort lorsque tu étais très malade.

Parmi ces gens se trouvent aussi des infirmières qui ont été formées à l'hôpital. Elles se rappellent probablement la chanson qu'elles avaient chantée à Lucille et Piero :

> *I like to be like Lucille. I like to be like Corti.* [J'aime être comme Lucille. J'aime être comme Piero Corti.]

Lucille vit dans le cœur des Ougandais et bien d'autres Africains. Elle est une source d'inspiration pour bien des jeunes qui veulent être comme elle. Lucille n'est pas loin d'eux. Elle restera près de son hôpital, au pied d'un figuier. C'est ce qu'elle désirait.

— Comme ça, j'pourrai garder un œil sur l'hôpital, a-t-elle dit un jour sur un ton blagueur.

Lucille, héroïne de l'ombre? Son humilité lui ferait sûrement refuser ce titre. Lucille, femme de cœur et de volonté, a su faire de grandes choses avec de maigres moyens grâce à l'amour des uns et des autres et, comme elle le dit d'elle-même, grâce à sa tête de mule.

CHAPITRE 16

L'HÉRITAGE DE LUCILLE

Le monde des trois continents, l'Afrique, l'Europe et l'Amérique, n'oublie pas Lucille. À l'entrée de l'hôpital, une belle photo couleur en céramique montre Lucille radieuse à côté de Piero et de Matthew Lukwiya. Lucille, comme Piero et Matthew, continue même d'inspirer de jeunes Africains qui ne l'ont pas connue. Un jour, Peace, une jeune adolescente ougandaise, amène son frère Simon à l'hôpital parce qu'il s'est blessé en jouant au soccer. Ils y rencontrent Christine, une jeune femme de leur village devenue infirmière à l'Hôpital St- Mary's Lacor. Christine leur parle de Lucille, de tout ce qu'elle a fait pour eux. Peace se demande alors ce qu'il faut faire pour être infirmière et même pour être médecin. Et puis Akumu Mary, une autre infirmière, qui a nommé sa fille « Lucille ». Et puis… et puis tous ces gens un peu partout dans le monde qui désirent tout simplement en faire plus pour les autres à l'image de Lucille.

La mémoire reste vive. Lucille et Piero, une histoire transmise d'une génération à l'autre, d'un lieu à l'autre. La mémoire perdure par leur hôpital, leur fils, qui continue à s'épanouir grâce à l'aide de tous ces travailleurs et bénévoles ougandais. Grâce à Dominique qui veille sur l'hôpital en récoltant les ressources nécessaires pour nourrir son frère fragile mais plus fort qu'à ses débuts.

L'hôpital fait partie de la vie des Ougandais, non seulement en tant que patients mais comme étudiants. Plus de 200 cents Africains vivent et étudient à Lacor qui est devenu un hôpital de pointe. Lacor est un lieu si important qu'une petite ville s'est érigée tout autour. Le visage de Lacor est bien différent maintenant. Une chose reste toutefois identique. Comme pour garder intacte une partie de la vie de Lucille et Piero, leur maison est toujours là, comme auparavant. À l'intérieur, leurs souvenirs, leurs livres en français et en italien, leurs photos de leur fille chérie. Dans la chambre de Dominique, il y a toujours ses bandes dessinées de Tintin et d'Astérix. Les livres étaient le lieu d'évasion et de découverte pour Lucille dès son jeune âge. Les livres qui transmettent histoires et savoir tout comme la tradition orale chez bien des peuples. Et un jour, à Gulu, on entend une fanfare, une chanson.

Au cinquantième anniversaire de l'hôpital, en 2009, médecins, infirmières, techniciens, et bien d'autres, défilent gaiement dans les rues de Gulu, arborant une banderole blanche, rouge et bleue sur laquelle on y trouve le nom de l'hôpital et son logo. Devant eux, une fanfare joyeusement bruyante invite les habitants à célébrer. Tout le long de la route, les Ougandais s'attroupent. Des enfants sautillent au rythme de la musique, des passants envoient la main. La foule s'agrandit. Tout ce beau monde se rend à l'hôpital le sourire aux lèvres. La fête continue. C'est la joie. Un chant résonne. C'est le rêve de Lucille et Piero qu'on entend.

Since 1959 to 2009 We make it fifty years, It's a Golden Jubilee. And the nation Comes together as one at Lacor hospital	*De 1959 à 2009, Cela fait 50 ans. C'est le jubilé d'or. La population se rassemble à l'Hôpital Lacor.*
In 1959, Lacor started like a dispensary, In the hands of the Comboni missionaries They started with forty beds. In 1961, two doctors came to Uganda. Dr Corti and Lucille, two simple, jolly people With the mission to provide health care to the needy And fight diseases and poverty On the people and the population of Uganda.	*En 1959, Lacor n'était qu'un dispensaire Pris en charge par les missionnaires Comboni[1]. Il n'y avait que 40 lits. En 1961, deux médecins sont arrivés en Ouganda. Docteurs Corti et Lucille, deux personnes simples et joviales Qui se sont donné pour mission de procurer des soins aux démunis, De combattre la pauvreté et les maladies Des Ougandais et du reste du monde.*
We made 50 years Remember Golden Jubilee. Ooh! Fifty years! Ooh! Golden Jubilee!	*Cela fait 50 ans. Souvenons-nous. Oh! 50 ans! Oh! C'est le jubilé d'or!*
We thank in your cooperation, We have our new campus, We have a laboratory school, we have a nursing school. And today, we receive interns from the universities, Mara University, Makerere University...	*Nous saluons la coopération, Nous avons de nouveaux campus, Nous avons une école laboratoire, Nous avons une école de soins infirmiers. Et aujourd'hui, nous recevons des internes d'universités, De l'Université Mara, de l'Université Makarere...*

HONNEURS

Honneurs décernés à Lucille de son vivant

1986 : Prix Paul-Harris du Rotary-International.

1987 : Prix Frederick-Newton-Gisborn-Starr de l'Association médicale canadienne.

1990 : Prix de l'Association médicale féminine pour le dévouement de Lucille auprès des sidéens.

1991 : Prix de l'Ordre du Canada, la plus haute distinction remise au Canada.

1994 : Prix Professionalità e Lavoro de l'Alliance des municipalités d'Italie pour le professionnalisme et le travail de Lucille.

1995 : Prix d'excellence du centre international pour la Cause africaine des Nations Unies.

1995 : Prix de l'Ordre national du Québec, la plus haute distinction décernée par le gouvernement du Québec.

1995 : Prix Velan du club Rotary de Montréal.

1995 : Personnalité de l'année par La Presse.

1995 : Lucille est nommée l'une des Grands de l'année par L'Actualité.

1995 : Élue femme de l'année par Radio-Québec (Télé-Québec).

1995 : Membre honoraire du Collège royal des médecins et des chirurgiens du Canada.

1996 : Doctorat honoris causa décerné par l'Université de Montréal.

Honneurs décernés à Lucille et Piero de leur vivant

1972 : Prix Missione del Medico-Angelo di Gasperi.

1982 : Ordre du Mérite de la République italienne, récompense décernée par le Président de l'Italie même.

1986 : Prix Sasakawa de l'Organisation mondiale de la santé (OMS).

1995 : Lucille et Piero deviennent consultants pour le ministère de la Santé de l'Ouganda.

1995 : Prix Premio della Professionalità de l'Italie.

1995 : L'Hôpital St-Mary's Lacor reçoit le prix Antonio-Feltrinelli pour « une initiative personnelle et de grande valeur morale et humanitaire » de l'Académie des Lynx (Accademia dei Leinci), Italie.

2003 : Piero reçoit à son tour le prix Paul-Harris du Rotary-International.

Honneur posthume décerné à Lucille et Piero

2000 : un timbre du millénaire à l'effigie de Lucille a été produit par la Société canadienne des postes.

2004 : Médaille d'or du Courage civil, la plus importante récompense de la République italienne, décernée à Lucille et Piero.

L'Hôpital St-Mary's Lacor après Lucille et Piero

Offrir les meilleurs traitements à un plus grand nombre de gens possible et à un faible coût (Piero, 1965).

Former ceux qui prendront un jour la relève (Lucille, 1994).

Les soins et la formation

- Plus de 300 000 patients sont soignés annuellement. Le tiers des patients sont des enfants de cinq ans et moins, et plus de 70% sont des femmes et des enfants.

- Il y a 482 lits, mais plus de 700 patients sont admis. Traiter un patient coûte en moyenne 10$ canadien.

- Il y a trois cliniques, qui comptent en moyenne 24 lits chacune, situées aux alentours de Gulu.

- L'Hôpital St-Mary's Lacor est le seul hôpital du nord de l'Ouganda à faire certains types d'opérations comme en orthopédie et en urologie.

- Plus de 350 étudiants résidents fréquentent les différentes écoles de l'hôpital : l'école en soins infirmiers, l'école pour les éducateurs en santé et conseillers en matière de sida, l'école pour les techniciens en laboratoire et auxiliaires en anesthésie.

- L'hôpital est devenu un hôpital universitaire en 2003. Des internes en médecine y vont parfaire leur formation. De plus, tous les médecins, dont le nombre s'élève à environ 40, sont ougandais.

- L'hôpital forme aussi sur place des maçons, des menuisiers et des électriciens.

L'aide économique, sociale et humanitaire

- L'hôpital compte plus de 600 employés qui sont tous, du directeur du centre hospitalier au technicien de l'entretien, ougandais.

- La pauvreté est une cause de l'apparition de maladies comme les maladies sont une cause de la pauvreté. L'hôpital aide alors au développement social de la région en offrant des soins à faibles coûts et gratuits pour les femmes enceintes et les enfants de six ans et moins.

- L'hôpital est le plus important employeur privé du nord de l'Ouganda. De plus, la majorité des revenus de l'hôpital sont redonnés aux employés sous forme de salaires et de prêts sans intérêts. Les employés utilisent cet argent pour payer l'éducation de leurs enfants, se construire une maison ou pour mettre sur pied une petite entreprise. Enfin, un grand nombre de petites entreprises dépendent de l'hôpital. Grâce aux achats faits par des employés, des patients et des visiteurs, ces petites entreprises peuvent survivre.

- Entre 1996 et 2006, l'hôpital a été le refuge pour des milliers d'Ougandais, surtout des femmes et des enfants qui fuyaient la violence.

- Pour poursuivre l'exemple de Lucille et Piero, le Centre de recherche pour le développement international (CRDI) a créé le Programme de Partenariat Teasdale-Corti en santé mondiale. L'un des objectifs du programme est de résoudre les problèmes des pays à faible ou à moyen revenu et de répondre à leurs besoins urgents par la collaboration de partenaires internationaux.

BIBLIOGRAPHIE

Toutes les pages de sites web et les vidéos sur Internet ont été consultées le 25 juillet 2018.

Liens Internet sur l'Ouganda :

Diakadi : http://diakadi.com/. Informations diverses sur les pays africains.

Les animaux du monde, produit et réalisé par François de la Grange, La faune d'Ouganda: https://www.youtube.com/watch?v=PRGkv6e4CQ0

Leclerc, Jacques. *L'aménagement linguistique dans le monde*. L'Ouganda. http://www.axl.cefan.ulaval.ca/afrique/ouganda.htm

Liens Internet sur Lucille Teasdale, Piero Corti et l'Hôpital St-Mary's Lacor

Lacor, présenté par Marina Orsini. https://www.youtube.com/watch?v=PD-v3aE_s48

St-Mary's Hospital Lacor. http://www.lacorhospital.org/

Fondation Teasdale-Corti. http://becomepart.org/

L'Hôpital Lacor: une réussite africaine. Diaporama créé par la Fondation Teasdale-Corti et le Centre de recherche pour le développement international (CRDI). https://www.youtube.com/watch?v=Ky_yC6R1NDk

Centre de recherche pour le développement international (CRDI). *Renforcement des capacités et transfert des connaissances : le Programme de partenariat Teasdale-Corti de recherche en santé mondiale*. http://www.idrc.ca/FR/Resources/Publications/Pages/ArticleDetails.aspx?PublicationID=665

50e Lacor. https://www.youtube.com/watch?v=fSlk9KA-kAZM&list=PLqswjREqXhtIHTIXBMvWUV9rF30NN5kwA&index=7

Bibliographie

Fonds Lise Teasdale, 1960-1996 (R9207). Bibliothèque et Archives Canada, Direction des Archives canadiennes et Collections spéciales. http://data2.archives.ca/pdf/pdf001/p000000795.pdf

Arsenault, Michel (2011). *Lucille Teasdale et Piero Corti – Un rêve pour la vie*, Montréal, Libre Expression, 384 p.

Alif, Maury (2000). « Dr. Lucille : Larger than life », *Take One*, 27 (6).

Cowley, Deborah (2007). *Lucille Teasdale: docteure courage*, Montréal, XYZ, coll. Les grandes figures, 198 p.

Arseneault, Michel (2011). « Le cadeau de Lucille », *L'Actualité*, 17 mai. http://www.lactualite.com/culture/le-cadeau-de-lucille-teasdale/

Bulletin de l'Hopital Lacor – Un rêve devenu réalité en Ouganda, avril 2011. https://www.yumpu.com/fr/document/view/36060321/avril-bulletin-du-lacor-2-2011pdf-fondazione-corti

Filmographie

Gjerstad, Ole (réal.). (1994, 24 novembre). CBC television, *Man alive, Before I go*: part 1, 2, 3, documentaires. https://www.youtube.com/watch?v=aMVX7tERT30; https://www.youtube.com/watch?v=7_ags_WQ5N8; https://www.youtube.com/watch?v=t0C-lOfd5g8 (voir aussi la transcription électronique en version française : *Avant de vous faire mes adieux*, Radio-Canada, 1994).

Mihalka, Georges (réal.) et Francine Allaire (prod.) (2006). *Dr. Lucille: un rêve pour la vie (Dr. Lucille : The Lucille Teasdale Story)*, Montréal, TVA Films. (disponible en DVD depuis 2006).

Klodawsky, Helen (réal.) (2000). *Lucille Teasdale, médecin de l'espoir*, Motion International IV inc., documentaire (disponible sur le DVD *Dr. Lucille: un rêve pour la vie*).

Dr Lucille Teasdale-Corti CMHF Laureate (2001). https://www.youtube.com/watch?v=6A3tPqMf8KM

Radio-Canada, *Une heure sur terre* (2011, 8 avril). *Lucille Teasdale : L'héroïne du bout du monde*, extrait du reportage présenté le 8 avril 2011 dans le cadre de l'émission *Une heure sur terre*. https://www.youtube.com/watch?v=81CkgSRCPAo

Entrevues

Archives de Radio-Canada, *Lucille Teasdale, la médecine comme mission*, période 1961 – 1996. http://archives.radio-canada.ca/sante/maladies/dossiers/1204/

Canada-AM, CTV television (1995, 25 mai). *Canadien Doctor in Ouganda for 34 years- Now with HIV*. Animateur Dan Matheson. [transcription électronique]

Canada AM, CTV Television, (2000, 28 avril). *CTV Airs Movie Story of Heroic Canadian Woman Doctor*. Animatrice Valérie Pringle. Entrevue avec Marina Orsini. [transcription électronique]

Un rêve devenu réalité (2000). Entrevue avec Marina Orsini; Francine Allaire, productrice (disponible sur le DVD *Dr. Lucille: un rêve pour la vie*).

La mission de la fondation Lucille Teasdale et Piero Corti et l'Hôpital St-Mary's Lacor (2000). Entrevue avec Dominique Corti, Lise Teasdale et Gilles Rivet (disponible sur le DVD Dr. *Lucille: un rêve pour la vie*).

MARQUIS
Québec, Canada

MIXTE
Papier issu de sources responsables
FSC® C103567
FSC
www.fsc.org